OLD
BENQUE

Erase una vez en Benque Viejo...

David N. Ruiz Puga

Las narraciones que aparecen en esta colección se distinguen como hechos en la historia del pueblo de Benque Viejo del Carmen. Los nombres que aparecen son ficticios pero, si de alguna forma coinciden con nombres de personas en la actualidad, no ha sido la intención del autor.

Las palabras en itálica aparecen en el Glosario.

Published by Cubola Productions
35 Elizabeth Street
Benque Viejo del Carmen
Belize, Central America

Design by A to Z Graphic Studio
Illustrations by Luis Alberto Ruiz Puga

First Edition, August, 1990

Printed and bound in México

I.S.B.N. 968-6233-07-5

A mi familia

Agradecimiento

Agradezco a todas aquellas personas del Benque que compartieron sus recuerdos conmigo. Sin su ayuda mi imaginación no hubiera tenido alas.

Margarita de Bol
Sebastián Castellanos
Rufina de Contreras
Macario Gómez
Benigno Kotch
Carmen L. de León
Pedro León +
Ofelia C. de Lima
Julia de Martínez
Isauro Méndez
Candila S. de Obando
Manuel Obando
Teresa M. de Obando
Antonio Puc
Alicia V. de Puc
Gabino Quetzal
Juana N. de Quetzal
Elsa P. de Ruiz
Manuel Tesecúm
Teodora Trujillo
Enriqueta T. de Trujillo
María Vanegas

Mi agradecimiento a:
Ana María Gouf de Lara, Catedrática de Literatura en el University College of Belize, por su inspiración.
Al Dr. Jorge García, y al Lic. Telésforo Guerra, asi como también al Lic. Alejandro de la Huerta, Agregado Cultural de la Embajada de México en Belice, a quienes agradezco sus comentarios y sugerencias. A Ricardo Canto, José Howe y Oscar Obando, les doy las gracias por su colaboración.

Este libro, posiblemente el primero que en Belice se publica en español, tiene para nosotros un gran significado porque reconoce los fuertes vínculos que existen entre la cultura beliceña y la cultura maya-mestiza de Yucatán, en particular, y la de toda Mesoamérica, en general.

También porque el español que hablamos aquí en el Benque y en otros tantos hogares a lo largo y ancho del país, es una realidad legada por una fuerte tradición oral que enriquece nuestra cultura y nuestra historia.

Pero no se trata únicamente de un libro de leyendas, comunes a un vasto mundo sin fronteras, sino también de un particular trabajo de equipo. Aquí en Benque Viejo del Carmen, en la tarea permanente de trabajar para la cultura, les presentamos hoy este libro, producto de la labor de unos jóvenes del Benque, como testimonio de que las distancias y el aislamiento no impiden realizar una tarea innovadora, cualquiera que ésta sea.

Cubola dedica este libro a los belíceños hispanoparlantes y a los estudiantes que saben que aprender una lengua y conocer otra cultura no significa una amenaza a nuestra forma de vida; por el contrario afirma nuestra identidad beliceña.

Cubola Productions

el

Daño

Don Agustín Bonaventura miraba fijamente hacia el fogón; su mirada se concentraba en las llamas que bailaban suavemente bajo el comal; sus pensamientos vagaban. Trataba de salir de ese dilema en el que se encontraba. El nunca había creído en curanderos, mucho menos en hechicería o daño, como lo llamaban en el pueblo.

Don Agustín Bonaventura era un católico devoto que asistía diariamente a la misa de las 6:00 de la mañana y su misma fe cristiana no le permitía dar credibilidad a prácticas satánicas. Esa madrugada, sin embargo, el pesado cuerpo de don Agustín parecía agacharse ante las danzantes llamas, bajo el peso de la incertidumbre provocada por el hecho de que la palabra "daño" no se mencionaba en las calles del pueblo sino en su propia casa. Su pequeño hijo, Pablo Fernando Bonaventura, de 6 meses de edad, ardía en fiebre. Fernandito, como cariñosamente le llamaban, había estado bajo atención médica las pasadas horas por una muy extraña enfermedad adquirida la tarde anterior, y su condición no parecía mejorar.

Don Manuel Antonio Corzo, el cuñado de don

Agustín había llegado esa misma noche un poco agitado pues, según dijo al entrar a la casa, el cielo se miraba demasiado pesado y amenazaba con llover en cualquier momento. Por esa razón, caminó apresuradamente ya que por la ronquera que padecía, no se arriesgaba a mojarse. Después de ver al niño, y escuchar lo sucedido, le dijo muy seriamente a su cuñado que su hijo tenía "hecho" y que debía ir a ver a un curandero. Don Agustín había escuchado decir a su esposa, doña Carmen de Bonaventura, que la noche anterior, mientras ella y su hija Lucía limpiaban la cocina, habían oído el vuelo de los pájaros del mal agüero.

El manto de la noche se movía lentamente y la gruesa figura de don Agustín Bonaventura parecía prendida a las llamas del fogón, mientras en la cubierta de palma ya se escuchaba el crepitar de la lluvia que el cielo dejaba caer. En esos precisos instantes, el trance de don Agustín fue interrumpido por el histérico grito de su mujer que entraba a la cocina en donde él se encontraba.

— ¡Agustín, haz algo, que Fernandito se muere!

Tocaban las campanadas de las seis de la mañana en la iglesia, cuando doña Carmen de Bonaventura se levantó a arrullar a Fernandito quien probablemente había despertado al oír a don Agustín salir del cuarto. Usualmente, ella amamantaba al niño a las 6:30 de la mañana, pero ese día, debido a la fuerte llovizna que caía, don Agustín había hecho un poco de ruido tratando de buscar sus botas, las cuales yacían abandonadas desde el invierno anterior en algún lugar dentro del ropero.

Al oír los pesados pasos de su esposo alejarse apresuradamente bajo la lluvia, doña Carmen abrió la cortina que había entre su cuarto y el de las niñas.

— ¡Lucía! ¡Silvia! — gritó a las niñas que roncaban despreocupadamente.

— ¡Levántense que hay que tortear!

Al segundo grito, las niñas se movieron muy perezosamente restregándose los ojos, murmurando y gruñiendo por lo corta que había sido la noche. Doña Carmen cambió a Fernandito quien gorgoteaba alegremente.

— ¡Lucía! Vamos a la cocina; y tú, Silvia, ven a cuidar al bebé, y no vayas a sacarlo al patio, pues es demasiado temprano y estaba lloviznando hace ratos.

Al salir del cuarto hacia la salita, doña Carmen regañó a Lucía quien ya se encontraba allí y que daba la impresión de caminar sonámbula rumbo a la cocina.

La cocina era pequeña y hecha de lámina. Estaba a un extremo del jardín, el cual era cinco veces mayor que la casa en donde vivían los Bonaventura. La casa era de madera muy bien labrada con hacha; la cubierta era de palma de cuatro aguas con canal en los voladizos para recoger agua en un pequeño tanque.

Desde la puerta que daba al balcón donde se sentaba la familia a merendar, Silvia miró como comenzaba a salir el humo de la cocina. Sostenía entre sus brazos al pequeño Fernandito quien le sonreía dulcemente. Luego, lo cubrió con una sábana y, susurrándole una canción, se encaminó lentamente hacia la salida, cruzando la salita hasta llegar a pararse en el dintel de la puerta que daba al jardín. Muy admirada por el nuevo día de triste semblante, tal vez por la época de lluvia que empezaba, o por la tragedia que estaba a punto de suceder, Silvia María Bonaventura de once años de edad, la mayor de los tres hijos de don Agustín y de doña Carmen de Bonaventura, contemplaba el oscuro y pesado cielo que acechaba amenazante. Hacia el este, el cielo parecía empezar a escamparse y pasaban sutilmente, como si deseando que las nubes no se dieran cuenta y les cerraran el paso, unos rayitos de sol.

Silvia María contemplaba el jardín impecablemente ordenado. Las plantas se movían al compás del canto del viento y los pajarillos. Luego, a pesar de la advertencia de su madre, se encaminó por el jardín rumbo a la cocina. Fue entonces cuando, muy de repente, se oyó un grito estremecedor que interrumpió los sonidos de la mañana. Silvia levantó la mirada a los cielos y vio un zopilote de gran tamaño que volaba bastante bajo, sosteniendo algo entre sus garras. La negra ave daba vueltas directamente sobre ella y el niño. Silvia se detuvo a mirar al ave fijamente. Fue cosa de segundos; al instante, el zopilote dio un segundo graznido y dejó caer su misteriosa carga. Con el tercer graznido del ave, se oyó el grito de Silvia María.

— ¡Mamá! ¡Mamá! ¡El "chombo" ya mató a Fernandito! ¡Ma! ¡Ma!

Doña Carmen, que se había dado cuenta de que Silvia había salido de la casa con el niño, salió corriendo de la cocina y se estremeció al verla tratando de limpiar al niño de una mugre que le cubría la cara y el pecho.

— ¡Mi niño! ¡Mi niño! — gritaba doña Carmen mientras, ya con el bebé en brazos, se metía corriendo a la casa.

Aurora, una joven vecina, al escuchar los gritos, llegó y encontró a Silvia con una pala en una mano y con la otra apretándose la nariz. Al ver a Aurora, Silvia soltó el llanto, y, tirando la pala, corrió hacia la muchacha.

— ¡Un "chombo", Lola, voló sobre mí y gritó tres veces, y soltó algo feo! ¡Ven a verlo!

— ¡Dios nos libre! — exclamó Aurora al acercarse al sitio donde había caído parte de la pudrición —. ¡Qué pestilencia! ¡Mira como nadan los gusanos entre la sangre y los "jitches"! ¡Ugh! Pásame la pala pa' tirar esta pudrición fuera de acá. Aurora sentía vomitarse mientras recogía esta plasta negra que parecía moverse con el gusanero. Al terminar, tiró agua con *chiquash* sobre el lugar y corrió a la casa de los Bonaventura.

Doña Carmen había bañado al niño, y lo tenía en su cuarto echándole toda clase de líquidos aromáticos sobre la cabeza para contrarrestar el terrible olor que todavía emanaba de su cabeza y de su pecho.

En el pueblo, los Bonaventura eran una familia muy fina y altamente respetada por los habitantes. Don Agustín era representante consular del gobierno de la república vecina en la Colonia. Había sido educado en una escuela militar y su pinta lo hacía evidente.

Al ver que la tienda de don Agustín Bonaventura no abría esa mañana, la gente del pueblo empezó a preguntarse qué le habría sucedido a la familia — pues él nunca falla — decían todos. Alrededor de la tienda empezaron a juntarse muchas personas. Entre ellas corrían toda clase de especulaciones; los niños jugaban y los perros hacían sus necesidades con poca discreción, mientras los adultos se inventaban toda clase de cuentos de los más fantásticos. De pronto, el cielo abrió nuevamente sus compuertas, y todos corrieron a buscar refugio.

La noticia del niño empezó a esparcirse como fuego en hierba seca y, bajo la lluvia, algunas personas se congregaron frente a la casa de los Bonaventura, la cual permanecía toda cerrada. Al ver salir a alguien de la casa corrían a preguntarle cómo seguía el niño. Varias personas que hablaron con doña Carmen le dieron sus fórmulas mágicas que ayudarían a Fernandito a aliviarse; todas fracasaron: la fiebre del niño no aminoraba y a cada momento la situación se tornaba más desesperante para la familia. Ya para eso, don Agustín había mandado mensaje al médico Desiderio quien vivía en el pueblo vecino. Comenzaba a atardecer, cuando llegó empapado hasta los huesos, pues una fuerte tempestad se había desatado. Su demora se debió a la misma tempestad, comentó don

Desiderio, y que con esa santa empapada hasta Bramante, su caballo, se quejaba de la artritis. Al entrar, le ofrecieron una toalla y, después de secarse, puso manos a la obra. Doña Carmen tenía bajo prueba uno de los remedios caseros más antiguos y eficaces, según el dueño de la receta; había conseguido la hoja del *chacáj* y la había remojado en romo, para luego ponerla en una hoja de *xc'och* sobre la frente del niño. Al entrar el médico al cuarto, doña Carmen, su comadre Francisca Chí y don Manuel Antonio Rivero, quienes se encontraban con el niño, abandonaron el recinto para dejar que el médico Desiderio hiciera su trabajo.

Ya en la sala, doña Carmen se dirigió a doña Francisca preocupadamente.

— Le digo, comadre Paca, presiento una desgracia. Fíjese que anoche, mientras Lucía y yo limpiábamos la cocina, oímos el pesado vuelo de una manada de pájaros. Y lo que nos puso los pelos de punta fue cuando bajaron y se posaron sobre la cocina. ¡Hubiera visto cómo se movía la cocina, comadre!

— Ave María Purísima, comadre Carmen. ¡Qué eso sí es mal agüero!

— Sí, comadre. Eran grandes chuntos que volaban por estos cielos.

Mientras conversaban en la sala, Silvia y Lucía escuchaban calladamente desde su dormitorio. Les era difícil conciliar el sueño. Habían apagado la luz de la lámpara y simulaban dormir.

— ¿Y por qué dicen que esos chuntos son mal agüero? — preguntó Silvia.

— Pues, ¿qué no sabes tú? — contestó Lucía —, dicen que unas viejas malas en este pueblo son brujas y por la noche se vuelven chuntas y marranas y se van al cementerio a comer muertos y pudrición.

— ¿Y fue una de ésas que le dejó caer esa pestilencia a Fernandito?

— No... no sé, ¡ya cállate que siento miedo! — replicó Lucía —. Ven, vamos a rezar la oración de San Miguelito.

Silvia y Lucía se abrazaron y se cubrieron de pies a cabeza con la colcha y, en coro, pero en voz baja, comenzaron a rezar.

— San Miguel Arcángel, defiéndenos en la lucha...

Y mientras Silvia y Lucía rezaban y se dormían, se oyó la voz del tío Manuel Antonio en la sala hablando en voz muy baja.

— Dudo mucho que Desiderio le haga algo al niño. Yo más creo que...

— ¿Qué estás pensando, Manuel? — interrumpió su hermana.

— Francisca, Carmen, oigan... que conste que todo lo que he de decirles ya se lo dije a Agustín. Yo creo que lo del niño es "hecho".

— ¡No! ¡Eso no! — gritó doña Carmen.

— ¡Calla, mujer! — replicó don Manuel —, ¡qué eso lo digo yo!

— Pero, ¿por qué a nosotros? ¿Por qué a mi pobre criatura? — preguntó doña Carmen entre lágrimas.

— Te digo, Carmen, a veces las personas que aparentan ser buenas amistades son los peores enemigos.

— Pero, ¿por qué? Manuel — preguntó doña Francisca.

— Envidia, celos, Francisca. Y el demonio siempre está listo para toda maldad.

— ¿Y qué dice Agustín de esto, Manuel? — inquirió doña Carmen.

— Se mostró muy dudoso. Agustín es escéptico ante tales cosas — contestó don Manuel —. Me dijo que son puras supersticiones. Yo, sin embargo, continué diciéndole que no se perdería nada si fuera con don Teodoro Canchán, el curandero de la choza del otro lado del río.

— ¿Y qué dijo? — prosiguió doña Francisca.

— Dijo que lo pensaría pero que él descarta totalmente esa tontería de hechizos.

— ¡Pero de que hay "hecho" hay! — afirmó doña Francisca —. Todos sabemos de donde vino mucha de la gente de este pueblo. Son Campechanos y Yucatecos; y se dice que muchos practican la magia negra. Mi madre, que Dios la tenga en la gloria, me decía que muchos vinieron a trabajar con el finado don Felipe, y otros, con la compañía inglesa en el corte de madera. Y decía ella que esa gente era número uno en la brujería.

— ¡Hazme el favor! — comentó don Manuel —, hasta en nuestra raza está, Francisca. ¿No recuerdas, pues, los cuentos que se contaban en Dolores? Hay muchos Doloreños en este pueblo y esas prácticas se pasan de generación a generación.

Fue en ese instante cuando se oyó la voz del médico que llamaba a doña Carmen. Acudió sin perder tiempo, seguida de su hermano y su comadre. Al llegar al cuarto, don Desiderio, tratando de esconder un desconsuelo profundo, dijo:

— Señora, siento decirle que ya no puedo hacer nada más. No consigo bajarle la temperatura al niño. Parece ser que le ha caído en el cerebro. Quizás, si hubieran las facilidades...

Doña Carmen no esperó a que el médico terminara de hablar. Salió corriendo hacia la cocina donde se encontraba su esposo, e interrumpiendo bruscamente los pensamientos de don Agustín Bonaventura, entró gritando:

— ¡Agustín, haz algo que Fernandito se muere!

Eran por allá de las tres de la madrugada, mientras caía una llovizna menuda, cuando don Agustín llegó a Layín, rancho donde vivía el curandero don Teodoro. Layín quedaba cerca de la playa al otro lado del río. Consigo, don Agustín llevaba lo que su cuñado Manuel, le había recomendado: una cuartita de romo. Con mucha dificultad, debido a la llovizna, pudo distinguir una casucha entre el platanal. Al llegar tocó a la puerta; el golpe casi no se oyó por la lluvia que arreciaba. Don Agustín tocó por segunda, tercera y cuarta vez, cuando de pronto alguien movió la tranca que detenía la puerta y ésta se abrió muy lentamente a la vez que una ronca voz preguntaba:

— ¿*Mashi*?

— ¡Don Teodoro! Soy yo... — se apresuró a decir

don Agustín.

— ¡Ah! Reconozco esa voz —, dijo el curandero —, eres... Agustín Bonaventura, el hijo de la finada Ana Sofía Rivero. ¿Qué te trae a tan pesada
hora y debajo de tan fuerte aguacero? Ven, pasa
adelante que puedes enfermarte.

Con una tos seca don Teodoro se apartó para dar
paso por la angosta puerta a don Agustín. Al entrar,
don Agustín volteó a ver a su alrededor y notó cuan
pequeña era la casa. La había visto al pasar por allí
rumbo a Plancha de Piedra, pero jamás se imaginó
que fuera tan pequeña.

La casa era un solo cuarto; en el centro, una hamaca colgaba de los dos postes principales. En un rincón
había una pequeña silla con una mesa. Colgando del
techo, sobre la mesa, habían cantidades de hojas las
cuales proyectaban a la luz de una pequeña veladora,
grotescas sombras en la cubierta de palma. La mirada de don Agustín se concentraba en una pequeña
ventana en la pared adyacente a la puerta, cuando de
nuevo una ronca voz lo sacó de su letargo.

— Siéntate, hijo, y cuéntame a qué has venido, pues
estoy muy asombrado de verte aquí. Algo serio debe
ser.

— Don Teodoro — dijo don Agustín sentándose —,
la verdad es que...

Don Agustín Bonaventura vacilaba. ¡El, siempre
tan incrédulo se encontraba ante un curandero por ra-
zones de hechicería! ¡Qué ridículo se sentía!

— ¡Dios mío, perdóname! — dijo entre sí.

Don Teodoro sabía muy bien por lo que pasaba el

hijo de la finada Ana Sofía Rivero. Esperó. Después de un breve silencio, don Agustín levantó la vista y, mirando fijamente al curandero, prosiguió.

— He escuchado sobre las curaciones que ha hecho. Tengo a mi niño de seis meses enfermo y nada parece aliviarlo y pensé que quizás uste' pueda curarlo.

— Veo una gran incertidumbre en tus ojos, hijo mío — dijo Don Teodoro.

— Mi hijo muere, don Teodoro. Desiderio no ha podido hacer nada. ¡Estoy desesperado!

Y al ver la agobiante angustia que dominaba al hombre, don Teodoro se compadeció de él.

— Voy a tratar de ayudarte, pero tienes que tener fe en mí. En mí, ¿lo oyes, Agustín?

Don Agustín levantó los ojos. Sentía que se le partía el alma; no podía creer que él estaba allí consultando con un yerbatero. Miraba al curandero fijamente. Era de muy baja estatura y de piel morena. La sequedad y las arrugas incontables en su rostro eran marcas de lo mucho que este hombre había vivido. Hondas ojeras circundaban sus ojos los cuales irradiaban un brillo de ánimo. Su nariz era larga y puntiaguda y sus orejas eran grandes con lóbulos tan largos que parecían el péndulo del gran reloj que se encontraba en la sala de su casa. Al no oír respuesta alguna, el anciano se levantó.

— ¡Vamos! — le ordenó —. ¡No hay tiempo que perder! ¿Trajiste el aguardiente?

— ¡Sí! — contestó don Agustín sobresaltado. Sacó la botella de romo del bolsillo de su pantalón y en-

tregándosela a don Teodoro dijo :

— ¡Aquí está!

Este la tomó, la destapó y saboreó un trago.

— ¡Ah! Y trajiste del bueno — dijo mientras jalaba un *xalbek* que colgaba de la pared. Luego, abrió la puerta y salió.

Don Agustín trataba de no perder de vista a don Teodoro quien caminaba demasiado rápido para su avanzada edad. Cosa extraña veía él mientras seguía la figura blanca y encorvada. Esta parecía flotar mientras avanzaba entre el denso platanal. La lluvia había cesado y la luna se dejaba ver, iluminándoles el camino.

Fue al llegar a un claro que don Agustín se encontró con don Teodoro sentado sobre una roca y notó que no estaban muy lejos de la playa.

— Caminas muy lento, hombre — regañó don Teodoro. Estaba con los ojos cerrados y los brazos cruzados.

Detrás del anciano se veían las sombras grotescas de varios árboles de jícara, el conocido árbol del *alux*. También se olía fuertemente el perfume del residán y el sauco, arbustos que se dice atraen al espíritu maligno de la *xtabai*.

— Siéntate, hijo — mandó don Teodoro —, que voy a invocar a las potencias espirituales.

Sacó la botella de aguardiente y roció alrededor de la roca en donde había estado sentado. Luego, metió la mano en su *xalbek*, sacó un fardo pequeño y lo desenvolvió. Empezó a darle vueltas a la roca y, mientras se movía, tiraba hacia sus espaldas un polvo parecido a la ceniza mientras pronunciaba unas palabras que don Agustín no alcanzaba a comprender.

De pronto, don Agustín miró algo que lo hizo estremecerse hasta los huesos. Don Teodoro se iba elevando lentamente en el aire. Un viento comenzó a soplar y una llovizna ligera se hizo sentir. Era tan frío el ambiente que don Agustín se encogió. El anciano seguía tirando ese polvo que no parecía acabarse. La poca claridad que había se disipaba lentamente y una densa nube comenzó a deslizarse por los alrededores. El río parecía rugir más fuerte y, como algo muy sobrenatural, parecía que éste corriera en dirección opuesta. Don Agustín creyó volverse loco y al volver a mirar a don Teodoro éste había desaparecido entre la niebla. De repente, un silbido fino invadió los alrededores y el viento comenzó a arreciar; la voz de don Teodoro surgió entonces de entre el pandemonio que se había producido y unas voces resonantes parecían contestarle.

Llegó un momento en que don Agustín no pudo soportarlo más y se arrepintió una y mil veces de haber ido a consultar con el brujo Teodoro. Cerró los ojos y se tapó los oídos y ni supo cuando terminó esa pesadilla tan siniestra. Al abrir los ojos todo estaba tan calmado como cuando llegó. Notó que estaba bien empapado y el frío lo sentía hasta en los huesos. Su asombro fue muy grande, sin embargo, cuando se dio cuenta de la presencia de don Teodoro. Estaba él de pie, sobre la roca, dándole las espaldas. Y extrañamente, sus ropas parecían muy secas como si no les hubiera caído ni una sola gota de agua.

De pronto se oyó una voz fina que no parecía salir de los labios de don Teodoro.

— Agustín, lo de tu hijo es *menc'as*. Pero todo está muy bien hecho. Todas las fuerzas del mal están detrás de todo esto.

Y la voz cada vez se hacía mas gruesa.

— Hay muerte detrás de todo esto. El mal era para tu mujer pero afectó a tu niño...

Y mientras escuchaba atentamente, don Agustín se iba acercando hacia don Teodoro quien permanecía completamente inmóvil. Al llegar cerca quiso mirarle a la cara.

— ¡No veas! — gritó una voz extremadamente gruesa. Pero fue demasiado tarde. Don Agustín alcanzó a ver que la cara de don Teodoro estaba completamente hueca como una calavera. Entonces, un grito de terror desgarró el silencio de la madrugada y el cuerpo de don Teodoro empezó a dar vueltas en el aire para caer pesadamente sobre la roca.

Las piernas de don Agustín quedaron tan pesadas como dos troncos; se negaban a moverse. Quería gritar, pero no podía. Permaneció así hasta que oyó los gemidos de don Teodoro.

— ¡Ay! Vamos, hijo, que estas cosas ya no son para mí.

Llegando a la casa, don Teodoro se acomodó en su butaca. Cerró los ojos y dijo:

— Agustín, es necesario que sepas quién está detrás de la desgracia que aflige a tu sagrada familia.

Don Agustín todavía resollaba a causa de la caminata de retorno y por el extraño suceso que había presenciado. Se acomodó en otra butaca que estaba enfrente y esperó a que don Teodoro siguiera.

— Hoy, *Adonai* y los espíritus me han revelado designios que están fuera del alcance del razonamiento humano. ¡Ay! ¡El mal está bien hecho! Y lo que podrá deshacerlo será únicamente tu consentimiento y tu confianza en mí.

— ¿Qué quiere decir uste', don Teodoro? — preguntó don Agustín.

— Hijo mío, el mal era para tu mujer y no para tu inocente criatura como ya sabes; pero en estos momentos la alegría llena el rostro de tres mujeres: Ducha, Veneranda y Delfina. Y todo esto, por la profunda envidia que les quema el alma.

— ¡Qué dice uste'! — dijo don Agustín con profundo asombro —. Estas mujeres me compran comestibles en la tienda y, ayer tarde, doña Ducha y doña Delfina llegaron a ver como seguía el niño! ¡Cuidado con lo que dice don Teodoro!

— ¡Mira hombre! Tengo ciento tres años y no me gusta que duden de mis palabras. ¿A qué viniste, pues? — replicó el viejo indignado por tal injuriosa acusación.

— Perdone uste' — se disculpó don Agustín —, ¿pero qué puedo hacer?

— Lo sobrenatural es cosa que pocos logran entender, — contestó don Teodoro —. Hay que ser muy sabio para tratar con el bien y el mal. Vivimos en una lucha cósmica y, nosotros, los hombres, necesitamos aprender a aferrarnos al bien y a escapar del mal. Yo puedo destruir el mal que te atormenta, pero sus tres creadoras tienen que perecer.

Don Agustín alzó la mirada hacia don Teodoro y preguntó con inquietud:

— ¿Tiene que ser así?

— Mira que todas las fuerzas están detrás de ese mal. Ducha, Veneranda y Delfina han hecho el pacto de sangre para salirse con la suya. Pa' deshacer el conjuro hay que destruir a esas tres brujas pa' siempre.

Y apuntando a don Agustín con su mano artrítica siguió diciendo:

— Y eso depende totalmente de ti.

Don Agustín se levantó de la butaca. Su mirada parecía ver más allá de las paredes de barro. Después de unos instantes respondió.

— Don Teodoro, a veces parece que el mal vence pero a fin de cuentas uno se da cuenta que todo cuanto pasa tiene su propósito, y es el bien que prevalece.

— ¿Entonces? — interrumpió el anciano.

— No, no me puedo valer del sacrificio de tres humanos para que mi hijo siga viviendo. El merece mucho más.

— Pero quiero que recuerdes que fue tu decisión.

Don Agustín le tendió la mano al anciano y le dijo :

— Gracias a uste', don Teodoro. Me voy que mi familia me espera.

— Que te acompañen los espíritus benignos —, le

respondió don Teodoro mientras apretaba la mano de don Agustín con sus dos manos acalambradas por el reuma. Se levantó de la butaca y le quitó la tranca a la puerta.

Don Agustín salió caminando rápidamente y se abrió camino entre los platanales hacia la playa.

Ya para eso el cielo había aclarado. Se oía el canto de los gallos anunciando el nacimiento del nuevo día.

Don Teodoro vio desde su puerta como la figura de don Agustín Bonaventura desaparecía entre los matorrales, y pensó en voz alta:

— Ducha, Delfina, Veneranda... Ducha, Delfina, Veneranda, ¡*hach yanu suerte ho'b*! ¡*Tz'okuka' ganaro'b*!

el

Duende

José jadeaba. Había caminado desde un extremo del pueblo para llegar al río con el lío de ropa que su madre, doña Canata, iba a lavar. Era muy temprano por la mañana; el sol nacía del vientre de los altos cerros que verdeaban agradecidos por los primeros aguaceros del mes de mayo.

José dejó caer el bulto que llevaba a hombros cerca de una piedra a la orilla del río donde su madre solía aporrear la ropa. Hacia un lado crecía un gran árbol de caoba cuyas ramas se extendían hasta medio río. Su padre, Gregorio Antonio Cojol, siempre le hablaba de esta caoba, que era uno de los pocos árboles madereros que se había escapado de la sierra en la época en que la compañía americana había limpiado esas áreas selváticas a ambas riberas.

La mirada de José se hundió en la corriente de las turbias aguas. Muy pronto, con las lluvias del mes, el río comenzaría a subir más. Siempre en este tiempo, cuando comenzaba a dar señas de tener resumo, José se acordaba de lo que su padre le contaba en noches de luna sentados en las grandes piedras afuera de la casa. Ya cuando las grandes trozas de cedro y caoba habían sido transportadas en rieles a lo que le llamaban la "bacadilla" a un lado del río, las tiraban a las rugientes aguas que se las llevaban con fuerza abrumadora. Don Gregorio describía como los "Waikas", quienes venían de la costa para trabajar en el corte de madera, se trepaban valerosamente como arrieros sobre las trozas. Pero todo eso se terminó para dar paso a la chiclería.

— Nos acabaron nuestras maderas — acusaba don Gregorio —, y ahora siguen con el chicozapote.

Don Gregorio hablaba de cosas, muchas de las cuales aunque a José no le parecía que tuvieran pies ni cabeza, escuchaba con mucho esmero. Pero lo que más le costó entender fue cuando su papá, don Ciriaco, don Tranquilino, y otros que llegaban a la casa, comenzaron a hablar de la explotación de los pueblos. José, sin embargo, a pesar de tener solamente once años, era curioso y muy listo y sabía que tarde o temprano entendería todo lo que allí se discutía.

Estaba él pensando sobre estas cosas cuando se oyó el sonar de las campanas de la iglesia que llamaban a los fieles a rezar las oraciones matutinas. José cerró los ojos, se persignó con mucho respeto y comenzó a susurrar el Angelus. Al segundo Ave María, oyó el crujido de las hojas secas causado por el pisoteo de alguien que bajaba hacia donde él se encontraba. Creyendo que era su madre, entreabrió los ojos; a ella, aunque le diera la hora de oración en las callejas, siempre seguía su rumbo mascullando sus oraciones que se sabía de memoria. Pero al ver que era una niña rubia, más o menos de su edad, José se olvidó de los rezos y se volteó para observarla. Bajaba la ribera a paso ligero y silbaba como un varón.

Ya llegando por donde él estaba, la pitusa niña se desvió para sentarse sobre una de las inmensas raíces de la caoba que parecían gigantescos tentáculos petrificados.

José se le acercó cuidadosamente. La niña, que llevaba un vestido de sarasita floreada, silbaba como un ruiseñor. Al llegar a pocos pasos de la pequeña, José se detuvo. No se quedaría con las ganas de preguntar.

— Oye, ¿quién eres tú?

La niña no se mosqueó; siguió silbando.

— Nunca te he visto por estos rumbos. ¿De dónde vienes?

El silbido seguía.

— Oías las campanas y no rezabas. ¡Es pecado!

Al oír esto, la niña volteó la mirada hacia José y en voz suave y dulce preguntó:

— ¿Y quién te dijo que es pecado?

— Pues, la Sista' Domínica — contestó José.

— ¡Ah! ¿Esas mujeres que sólo sacan la cara entre esos disfraces almidonados?

— ¡Cállate! ¡Ellas son santas!

— ¡Ja! Santa fui yo. Que no te engañen, José. Ven, siéntate a mi lado.

Sin vacilar, José se acercó más para sentarse a un lado de la niña. Era bella la pequeña, de piel clara, de sonroseo vivo y ojos muy azules. Su cabello lacio, color de oro, le caía hasta la cintura.

— Oye, ¿cómo es que sabes mi nombre?

La niña se sonrió. Tomó una guija y la tiró al río.

— Lo sé todo — dijo —. Y aunque solamente haya visto doce veranos sé muchas cosas. Sabes, te veo cada mañana cuando bajas al río.

— ¡Mentirosa! Jamás te he visto.

— Me escondo en los arbustos o me subo a los árboles.

— Eso solamente los varones lo hacen; y te digo, las niñas no chiflan. Oye, pero no me has dicho cómo te llamas y adónde vives.

— Llámame como quieras. Vivo más allá, al otro lado del río, muy adentro de los montes.

— Está bien. Te llamaré Clarita. Pero te haré las pruebas ya que dices que eres una sabe-lo-todo. A ver, ¿once por ocho?

— Ochenta y ocho.

— Diez por veinte...

— Doscientos.

— ¡Ah! Pero todo eso es muy facilito. Ahí te va otra. ¿De dónde viene el Gobernador?

— De Inglaterra.

— ¡Hmm! ¿Cuántos "pence" en un "shilling"?

— Fácil. ¡Doce!

José se levantó y comenzó a rascarse la cabeza mientras pensaba; y por fin, como si un rayo de luz le iluminara la mente, dijo:

— ¡Aha! ¿Qué quiere decir ex-plo-ta-ción?

— Si te lo digo como debe ser, no me entenderías; pero voy a hacértelo bien simple. Cuando tú vienes a buscar agua al río para venderla, y haces que Bonifacio te suba los galones llenos de agua a las casas, para que después le des solamente un pedacito de panela, eso es explotación.

— ¿Y qué? ¡Bonifacio consigue su panela!

— Y tú consigues mucho más. No alzas ni un dedo pero trabajas al pobre de Bonifacio como mula de carga.

José miró pensativamente a la niña. Luego, añadió:

— Ahora ya sé por qué mi padre, don Yaco y don Tranquilino hablan mal del Rey.

— Pues ahora tendrán que comerse viva a la Reina — interrumpió la niña —. Recuerda que el Rey ya colgó el petate.

— Se me olvidaba — replicó José —. Oí que la coronan mañana.

Miró por todos lados y, asegurándose de que la costa estaba libre, se acercó a la niña y le dijo:

— Clarita, no vayas a soltar la lengua, pero mi papá y los demás van a salir en la madrugada a romper los faroles. Los oí desde mi hamaca. ¿No crees tú que es una tontería? Nos vamos a quedar sin luz.

La niña recogió otra piedrecilla y la tiró con tanta agilidad que pareció correr sobre el agua.

— No seas tonto — dijo —. Si el Gobernador no da lo que la gente pide, pues se tiene que hacer a las malas. Además, esos faroles ni luz dan.

— Pero mi mamá dice que el Gobernador es muy bueno, es por él que comemos y vivimos bien, y yo creo que se merece la fiesta que le dan cada vez que viene.

La niña miró a José y meneó la cabeza de lado a lado.

— José, yo no sé a qué vas a la escuela — dijo —. ¿Te han metido tus "zurras" al pie de la bandera?

— A mi papá sí, ¡pero a mí nunca!

— ¿Le han multado a tu padre cuando has faltado a la escuela?

— Sí, cuando me dio la fiebre.

— ¿Sabes el "God Save the King"?

— De memoria.

— ¿Qué sientes cuando viene el Gobernador al pueblo?

— Mucha alegría; parece que viniera un santo.

— ¿Ya besaste la bandera?

— Dos veces.

— ¿Y el anillo del Obispo?

— Una vez, ¡y hasta ya me dio mi cachetada!

— ¿Cuál es la capital de Inglaterra?

— ¡"London"!

— ¿De Guatemala?

— No sé.

— ¿Cuándo es el cumpleaños del Gobernador?

— El dieciocho de octubre.

— ¿Y el de tu abuelo Calistro?

— Solamente él y Dios saben.

— José, eres más torpe de lo que creía.

Diciendo así, la niña se levantó y volteándose dijo:

— Mira. Yo soy como todos los niños que andan descalzos por el pueblo. Yo no voy a la escuela pero sé mucho más de lo que te imaginas. Y me alegro que hayan personas que se atrevan a darle vida a este pueblo aunque sea rompiendo faroles.

Y como una persona madura, la niña tomó a José

de los hombros y siguió:

— Muchas cosas habrás de ver que cambiarán totalmente la facha de este lugar.

— ¿Acaso eres sabia? — inquirió José.

— Sí, lo soy — contestó la niña vanidosamente volteándose hacia el río.

— He tenido muchos amigos y todos han sido muy ingratos.

Se acercó a la orilla escarpada del río detrás del gran árbol de caoba. Entremedio de unas raíces crecía un arbolito de aguacate que tenía más o menos dos pies de altura.

José seguía pensando sobre las cosas que la niña decía con tanta sabiduría.

— Yo no te seré ingrato — le dijo —. Me has dicho muchas cosas. Pero dime, ¿qué pasará después?

— ¿Después de qué?

— De la quebradera...

— Seguramente llevarán a tu padre y a los otros ante la autoridad.

— ¿Y lo de la luz?

— Te aseguro José, que entre poco tiempo la noche será como el día.

— ¿Quién te cuenta todas estas cosas, Clarita?

La niña no contestó; se acercó a la pequeña mata de aguacate y dio un salto para balancearse sobre las pocas ramitas del arbolito.

— ¡Cuidado! ¡Te vas a caer al agua! — gritó José al ver la increíble maroma.

El tierno y frágil arbolito se doblaba con el peso de la niña pero no se quebraba, ni tampoco la pequeña se caía.

— ¡Hey! ¿Cómo lo haces? — preguntó José maravillado.

— Hago muchas cosas — contestó la niña mientras se balanceaba. El pequeño árbol se doblaba hacia un lado. Parecía que de un momento a otro se quebraría con el peso de la pequeña para tirarla al río.

— Si no me defraudas, te enseñaré a hacer esto y muchas cosas más. Ven, ¡acércate!

José sabía que no era posible que el arbolito sostuviera ni el peso de un polluelo. Sin embargo, allí estaba una niña castigándolo. La pequeña planta, aunque se retorcía con el peso, no tocaba ni siquiera al suelo. Entonces José decidió probar.

— ¿Estás segura que no voy a caerme Clarita?

— ¡No José! ¡Ven!

José estaba a punto de sostenerse de la niña cuando oyó el grito de doña Canata quien había bajado al río.

— ¡José Francisco! ¿Con quién crees que hablas? ¿Acaso ya comenzó a "patinarte el coco"?

— Con Clarita, mamá. ¡Vela aquí!

Pero cuando volteó a ver hacia donde estaba la niña, ya no la vio; se había esfumado. El arbolito, sin embargo, estaba doblado hacia un lado con todas las hojas pisoteadas.

— ¡Psst! ¡Psst!

— Clarita, ¿eres tú? ¡Qué bueno que viniste! Pero, ¿cómo entraste?

— Te esperé a que llegaras al río y no te apareciste. Decidí pues, venir a verte, pero veo que estás muy triste.

— Sí, supiste que a mi papá...

— Claro, vi cuando lo subían a la estación.

Fue al atardecer, cuando la extraña niña se le apareció nuevamente en su casa. Estaba él sentado tristemente en la mecedora cerca de la cama de su madre. El día anterior había sido un día muy difícil para el niño y su madre. El albor del dos de mayo, día de la coronación de la Reina Isabel Segunda, fue madrugada de pedradas cuyo blanco fueron los faroles del pueblo. Entre gritos y porras sarcásticas de "¡Qué viva la Reina!" se oía la quebradera de los bombillos de los grandes faroles que alumbraban mezquinamente las esquinas del pueblo. Sin embargo, a muy temprana hora, subieron a toda la pandilla de don Gregorio a la estación de policía para imponerles el cargo de disturbio y vandalismo en contra de los intereses de Su Majestad. Y los encerraron hasta anunciar la fianza.

— Ya ves — seguía José —. Nos quedamos sin luz y yo sin papá.

— Pero yo vine a alegrarte — animaba la dulce chiquilla.

— Oye Clarita, ¿en dónde te metiste anteayer cuando mi mamá llegó al río?

— Entre el aire.

— ¿Y cómo así?

— No me entenderías si te lo explicara, es solamente un viejo truco. Sabes José, eres muy curioso.

— Y tú, muy bonita. Me casaré contigo cuando sea

grande.

— ¿"De veras"?

— "A lo macho", Clarita.

— Oye, porque me has dicho esto seré muy buena contigo.

Diciendo eso, la pequeña comenzó a mecer a José.

Mientras tanto, doña Canata había entrado a la sala y, al oír la voz de José desde su cuarto, se acercó sigilosamente como un gato, acordándose del incidente a la orilla del río cuando lo oyó hablando solo. Ya muy cerca de la puerta, apartó cuidadosamente la cortina y espió. José estaba sentado con los pies cruzados en la mecedora la cual se movía vigorosamente. El niño no parecía hacer ningún esfuerzo para mecerse, pero una fuerza invisible aparentaba moverlo.

— ¡No tan fuerte! — decía José —. ¡Qué voy a caerme!

Y sin embargo, el sillón seguía meciéndose.

— Si no me dejas, voy a tirarme — dijo entonces.

De pronto, poco a poco el sillón dejó de moverse.

— ¡Clarita! — regañó José —. ¿Por qué me hiciste esto?

Bajó de la mecedora y se paró a un lado.

— No, ya no quiero más — dijo —. Quiero que me digas cuándo van a dejar salir a mi papá.

Doña Canata no oía respuesta alguna y no veía absolutamente a nadie. La mirada de José, sin embargo, estaba fija a un lado mientras hablaba. Además, su rostro cambiaba de expresión y sus ademanes iban de acuerdo a lo que decía.

— No te vayas a ir si viene mi mamá. Quiero que

te vea y que te quedes a cenar, ¿oyes?

Doña Canata no pudo contenerse más. Tratando de vencer un miedo que se apoderaba de ella, jaló de la cortina y entró violentamente al cuarto.

— ¡Ya basta, José Francisco! — gritó —. ¿Con quién diablos crees que hablas?

José, sorprendido al oír a su madre hablar tan bruscamente, comenzó a llorar.

—Te tiene miedo mamá — dijo entre sollozos —. Ya la correteaste.

— ¿A quién José? — preguntó doña Canata inquieta.

— A Clarita, la niña que miré por el río. Vino a visitarme, pero cuando tú entraste corrió a esconderse debajo de la cama.

La señora se calmó, abrazó a su hijo y le habló serenamente.

— Mira José — dijo —, yo creo que a ti te hace mucha falta tu padre. Yo estaba allí, detrás de la cortina, y tú hablabas solo.

— ¡No mamá! Ya te dije, Clarita es la amiguita de la que te hablé y no me creíste. Ahorita voy a hacer que salga y vas a conocerla. Vas a ver que yo no hablo solo.

El niño, secándose las lágrimas de la mejilla, se inclinó y levantó la sábana blanca que cubría la cama.

— ¡Clarita, ven... sale! No, mi mamá no va a regañarte.

Doña Canata se acercó a la cama y se inclinó. Y al echar una mirada debajo de la cama sintió un escalofrío que se le deslizaba por la espalda.

— ¡Ven Clarita! — insistía José —. No tengas miedo.

— Pero... yo no veo a nadie, hijo.

— Sí mamá. Allí está ella. Mira, es rubia y bonita.

José estaba tan entusiasmado que desapareció por completo debajo de la cama. Y desde afuera, doña Canata oía como su hijo murmuraba.

Después de un rato, el niño salió.

— No quiere salir — dijo —. Pero dice que va a quedarse a cenar. Hay que ponerle su plato en la mesa.

La pobre mujer se estremeció. La agobiaban miles de dudas. A José le había dado una terrible fiebre unos meses atrás. Podría ser que le afectó el cerebro. O quizás sentía lo de su padre. Doña Canata tampoco podía descartar lo del "hecho". Podría ser también que el niño veía a un espíritu. Desde entonces, la poca tranquilidad que le quedaba a la señora se desvaneció. Conocía bien a su hijo y él no era capaz de fingir de tal manera.

Doña Canata no pudo comer esa tarde. Se sentó solamente unos minutos a la mesa para oír a su hijo en grandes pláticas con alguien que supuestamente se encontraba sentado a la par de él. El niño había convencido a su madre de que le sacara un plato de frijoles fritos para que la misteriosa visita comiera. Y al mirar como José platicaba y reía, la madre se levantó y corrió a la cocina a desahogarse.

Ya al llegar la hora de dormir, la señora no hallaba ni qué hacer. No se atrevió a dormir en su cuarto donde José también dormía. Y por más que le pidió a él que le dijera a la inoportuna amiga que se fuera, el niño no hizo caso. Seguía y seguía hablando con ella. Fue a eso de la medianoche cuando doña Canata, que se había quedado sentada en la sala, oyó silencio. Entró al cuarto y miró a José profundamente dormido en su cama. Se le acercó para levantarlo y llevárselo a la sala pero, cuando ya estaba a punto de hacerlo, el niño dio un brinco en sueños y abrió los ojos.

— Clarita — dijo adormitado —, déjame dormir.

En eso la mujer oyó el chirrido de la mecedora. Volteó la mirada y horrorizada vio como se mecía por sí sola como si alguien estuviera sentado en ella. Sin pensarlo dos veces, doña Canata cogió a José en sus brazos y corrió desesperada fuera del cuarto.

Pasaron dos días llenos de pesadillas. Aunque don Gregorio ya había salido bajo fianza, casi nunca se mantenía en la casa. Desde que miró lo que le pasaba a su hijo se puso a beber. Pero fue él quien mandó a doña Canata con la Sista' Plácida, quien cuidaba de la clínica que atendían las hermanas Palotinas, para ver si el niño no andaba mal de la cabeza.

Después de examinarlo de pies a cabeza, la Sista' Plácida le dijo a doña Canata que no tenía nada en absoluto. Pero al escuchar detalladamente los extraños sucesos, la religiosa le recomendó a doña Canata que hiciera mucha oración.

Desde entonces la desesperada mujer comenzó a rastrear oraciones que se rezaban en el pueblo. Para entonces la noticia ya se había esparcido de que el *alux* seguía al hijo de Gregorio y Canata Cojol. Y la gente, a los que en esos momentos poco querían ver, comenzaron a invadir la casa de don Gregorio hasta que éste, fastidiado, al llegar de una noche de juerga, los correteó a todos con su carabina.

Fue hacia mediados del mes cuando las cosas cambiaron por lo peor. Era una noche lluviosa en que las compuertas del cielo se abrieron por completo. Estaban en la casa de los Cojol, José, su madre, la madrina Rufina, doña Chencha y sus dos hijitos.

Era noche en que le darían clausura a la novena de San Miguel Arcángel. Los dos niños de doña Chencha jugaban alegremente con José en el cuarto y las señoras se preparaban para los rezos.

— ¿Y don Gregorio? — preguntó doña Chencha.

— Ay, doña Chencha, desde que comenzaron estas cosas mi viejo no hace más que beber. Dice que él fue la causa de que José quedara así. Uste' sabe... la quebradera de faroles... hasta a mí me da pena, señora. Pero descuiden ustedes; estaba engasado aquella noche cuando les sacó el "chaqueteado" a todos.

— Pues sí; ¡no quisiera que nos sacara al trote a nosotras también! Oiga, doña Canata, pero el animal ese ya no viene mucho por acá, ¿no?

— Pues, últimamente, al empezar los rezos ya no se acerca tanto — informó doña Canata —, porque antes no le dejaba vida a mi niño. Pero cuando se oye el chiflido es que allí viene la niña. ¡Y fíjese uste' hasta le dice el número que va a jugar en el "Panamá"!

— ¡Cómo es eso! ¿Y nunca lo han comprado para probar si ganan?

— ¡Son obras del demonio, doña Chencha!

— ¡Ja! ¡El dinero no está demás! — dijo doña Chencha. Y dirigiéndose a doña Rufina replicó:

— ¡Yo no sé! ¿Cómo es que cuando yo estoy acá no se aparece?

— Como dije — contestó doña Canata —, estos días pasados sólo oigo que conversa con ella ya muy tarde de la noche. Aquella vez cuando Gregorio echó a todos de acá, José desapareció del cuarto.

— Y, ¿dónde lo encontraron?

— Estaba en el excusado hablando con ese animal.

— ¡Jesús Sacramentado!

La comadre Rufina se levantó y se acercó al cuarto donde estaban los niños. Apartó la cortina y dijo:

— Todos están jugando.

Luego, volvió a sentarse en su banqueta junto a las demás señoras.

— Es bueno que juege con otros niños — dijo —. Tal vez así se aleje el *alux*.

— Oiga, doña Rufina — siguió doña Chencha —. ¿Uste' cree que el *alux* podría llevárselo?

Al oír la extraña e inoportuna pregunta, doña Canata miró a las mujeres con profunda aflicción.

— Si no hay rezos — explicó doña Rufina —, es muy probable que sí. Yo tenía una sobrina allá en San Andrés a quien la perseguía hasta que se la llevó.

— ¿Y no la encontraron?

— A los pocos días cuando se organizó una búsqueda la encontraron en una cueva en ropas finas y adornada con joyas de toda clase y... y...

— ¿Y qué, doña Rufina? — preguntó doña Chencha ansiosamente.

— Y, completamente loca — dijo doña Rufina.

— ¡Virgen Santísima!

— Comadre, doña Chencha — interrumpió doña Canata con gran pesar —, ya, por favor, no hablen más de esas cosas que mi alma se parte con dolor de madre. Vamos, comencemos a rezar.

— Perdone comadre — se disculpó doña Rufina.

Doña Chencha se levantó a prender la vela de cera blanca que estaba frente a un cuadro del Arcángel San Miguel. Luego, se hincaron y los rezos comenzaron.

— Por la señal de la Santa Cruz, líbranos Señor...

Las señoras no terminaban ni la primera exclamación del rezo cuando se oyó un largo y agudo chiflido que dominó por completo la lluviosa noche. Doña Chencha se levantó y oyó por vez primera un silbido que cualquier humano sería incapaz de producir con sus labios. Las otras señoras, también se quedaron estupefactas por el sonido. Y de pronto, se oyeron golpes en la pared del cuarto en donde estaban los tres niños; e inmediatamente salieron de "rispa" los hijos de doña Chencha. Llevaban el rostro pasmado de horror y gritaban mientras se aferraban a su madre.

— Salió una niña de la pared — dijo la niña temblando del susto —, ¡y comenzó a crecer y a crecer hasta que con sus largas uñas intentó agarrarnos!

Para eso, en el cuarto se desarrollaba una conversación distinta a la de otras noches.

— ¡Eres mala! ¿Por qué asustaste a mis amigos?

— La única amiga que debes tener soy yo. Recuerda que en el río me dijiste que no me serías infiel.

— Yo únicamente jugaba con ellos.

— Solamente debes jugar conmigo. Mira José, yo te traigo aretes de oro, dinero y te he dicho muchas cosas. ¿Compraste el número que te dije que jugaría esta noche?

— ¡No!

— Si quieres te digo qué número va a jugar en la lotería mañana por la noche y se lo dices a esas viejas que tratan de ahuyentarte de mí.

— No, no quiero saber nada.

— No seas ingrato como los demás, José. Recuerda que yo te expliqué cosas que nunca entenderías. Te dije también, el día en que tu padre saldría de la cárcel. ¿Quieres saber cuándo viene el Gobernador?

— ¡No! ¡No! ¡Vete! ¡Déjame en paz!

— No lo dices de corazón, ¿verdad? Ven, voy a bajarme del sillón y te subes para que te mezca.

El niño, quien había permanecido en el suelo cabizbajo, no respondió.

— José, yo he sido tu amiguita — siguió la niña —. ¿Por qué no te vienes a vivir conmigo a mi casa? Allí estarás muy feliz.

— No, ¡yo no quiero irme contigo!

— Recuerda que tú me dijiste que te casarías conmigo.

Todo ese rato, doña Chencha y doña Rufina habían estado escuchando detrás de la cortina. En una de tantas doña Chencha se atrevió a espiar y miró que la mecedora se mecía por sí sola, sin nadie en ella. Jaló rápidamente la cortina mientras que un miedo atroz se apoderaba de ella.

— Pero creí que eras buena — seguía José.

— ¡Lo soy! Ven, voy a mecerte y a la madrugada nos vamos.

— ¡No! — gritó el niño y, levantándose, corrió como flecha hacia la sala.

Entonces comenzaron a volar por toda la casa mocasines viejos, platos y piedras. Todos allí encerraron al niño en un círculo. Se aglomeraron en un rincón y cada quien por su cuenta, comenzó a rezar.

Las paredes se movían y el techo de la casa parecía que de un momento a otro iba a desplomarse con el fuerte viento que rugía sin cesar. Las piedras parecían chocar contra las dos lámparas de gasolina y sin embargo, éstas ni se movían.

Y conforme iban rezando, aquel fenómeno fue aminorando hasta que todo quedó en silencio. José quedó encogido en el suelo dormido. Las señoras dieron un suspiro de alivio y se sentaron.

— ¿Será que regrese? — preguntó doña Chencha.

— Sólo Dios sabe — comentó doña Rufina.

Doña Canata paseó la mirada por toda la sala y volteándose hacia su comadre y doña Chencha, dijo:

— Es un espíritu maligno. Miren como dejó acá de sucio. Me van a perdonar ustedes por lo que he de decir pero yo creo que sí vuelve. Se ha puesto muy celosa y por eso ha hecho todo esto. Yo creo que si esto sigue así, voy a volverme loca.

Diciendo esto, doña Canata se echó a llorar. Doña

Chencha se levantó, abrazó a la desamparada mujer y comenzó a consolarla.

— No se preocupe doña Canata, que aquí estamos nosotras para ayudarle. Va a ver que San Miguel no nos va a dejar mal. Pero de todos modos, mañana le traigo a doña Gumersinda Chocohj. ¡Dicen que esa ancianita sabe unas oraciones potentes!

— ¡Hay que confiar en San Miguel! — replicó doña Rufina —. El va a ahuyentar al espíritu.

Y al pasar de los minutos, doña Canata se apaciguó un poco.

— ¿Seguimos con las oraciones? — preguntó doña Chencha.

— Ya es tarde — dijo doña Canata —. ¿Puede venir mañana?

— Sí, como no. Uste' se queda no, doña Rufina?

— Sí — contestó ésta —. No creo que pase nada más. El *alux* solamente es travieso.

— ¡Ja! ¡Pero saca el susto! — dijo doña Chencha —. ¡Bueno, ya me voy!

La mujer levantó los pedazos viejos de carpeta que había llevado para protegerse de la lluvia. Los niños, al ver que se iba, corrieron a colgársele de las enaguas.

— Estos que miedo tienen — replicó doña Rufina sonriéndose. Se levantó y los abrazó. — El *alux* solamente es un angelito malo que cayó del cielo y anda por todos lados dando "perficio". Solamente recen y nada les pasará.

Luego les dio un beso a cada uno en la frente.

— Vayan y sean buenos — les dijo.

— Bueno, nos vamos — se despidió doña Chencha —. A ver si encuentro mi camino en esta oscuridad porque ahora, ya ni los faroles existen.

— Mire no más — dijo doña Rufina —, hasta Chano se quitó la carga de encenderlos y apagarlos. ¡Pero tal vez cuando venga el blanco ese tengamos el valor de pedirle otros pa' que los rompa yo!

— Hasta uste' parece que le estaban lavando el coco la pandilla de don Gregorio. ¡Tenga cuidado, doña Rufina!

— Solamente así nos van a poner luz eléctrica, doña Chencha. Vamos, es tiempo de avivarse.

— ¡Qué va! Bueno, no me atrase más doña Rufina — replicó doña Chencha acomodando a los dos niños debajo de la carpeta —. *¡Hasta samale'x!*

— ¡Vaya uste' con Dios! — dijo doña Canata desde el rincón donde se encontraba José Francisco —. Y apresúrese antes de que arrecie el agua.

Ni doña Canata ni su comadre podían conciliar el sueño esa noche. El niño despertaba a cada rato gritando con miedo aterrador, diciéndole a la visión que no quería irse con ella. Y al decir eso, llovían las pedradas sobre el techo y contra las paredes de la casa. Al ver el tormento del niño, la madrina se le acercó y comenzó a rezarle el Credo mientras que la mamá rezaba a solas. Así fue como el niño se fue durmiendo sin ser perturbado nuevamente. Para entonces, ya estaba amaneciendo.

Fue al día siguiente, después del mediodía, cuando doña Chencha llegó tumbándole la puerta a doña Canata. Estaba ésta con su comadre, tomando café en la cocina. Doña Chencha notó las tremendas y hondas hojeras en los demacrados rostros de las mujeres.

— ¡No me digan que volvió!

— Sí y casi no nos dejó dormir — contestó doña Rufina levantando temblorosamente el pote de café.

— ¿Y el niño?

Doña Rufina volteó a ver a su comadre cuyos ojos comenzaban a lagrimarle.

— No quiere comer — siguió doña Rufina —. Cuando le sacamos su comida esta mañana, el animal ese le tiró mierda de caballo en el plato.

— ¡Dios nos libre y nos favorezca! — exclamó doña Chencha aturdida —. ¿Y no bebe?

— Ni eso — respondió doña Rufina —. Le tira en la bebida tierra negra. Fíjese que para el almuerzo apareció entre la sopa excremento humano. Le digo, ¡fue terrible!

Doña Chencha se sentó al lado de doña Canata que sollozaba inconsolablemente y le dijo:

— Es triste pero hay que ser fuerte, doña Canata. Fui con doña Gumersinda y me dijo que vendrá esta noche pero que debemos tener algunas cositas en orden. ¡Le hará el secreto!

— ¿Qué secreto? — preguntó doña Rufina.

— ¡Carajo! ¿Acaso no sabes, mujer? — replicó doña Chencha.

Y sin preguntar más las dos comadres se acercaron a doña Chencha y pararon las orejas para oír lo que ésta les decía con tanta intriga.

A eso de las tres de la tarde, doña Rufina salió de la tienda de don Pablo con una guitarra nueva. Caminaba apresuradamente. Al pasar por un horcón que sostuviera una vez un farol, se encontró con el grosero de don Meyo quien ataba una palma de corozo al poste.

— ¿Adónde vas con esa guitarra, mujer? — preguntó imprudentemente —. ¿Acaso ya te volviste parrandera?

— ¡Ay, don Meyo! A uste' siempre parece que le tiraran hueso. ¿Y si le dijera que sí?

— Pues, ni modos. El que no lo hace de joven lo hace de viejo. Si logras domar esos dedos que parecen espigas podrías tocar pa' el Gobernador.

— ¡Toque uste' sus costillas si quiere!

— ¡No me faltes el respeto, Rufina!

— Palabras sacan palabras, don Meyo. Oiga, ¿y cuándo viene el Gobernador?

— Parece que andas idiota mujer. ¡Pasado mañana! ¿Acaso no oíste que el Alcalde, don Enrique, lo anunció? ¡Habrá un gran baile con marimba!

— ¡Para eso ya estarán sus palmas secas como uste'!

— ¡Con estos aguaceros no creo, esperpento de mal agüero!

— Oiga, don Meyo, y uste' que es tan "metiche", ¿a qué viene el gigante transparente?

— ¡Más respeto Rufina!

— ¡Qué respeto ni que nada! ¡El es cómo uste' y yo! ¡Bueno está que le quebraron sus "pinches" faroles!

— ¡Rufina, aunque no lo quieras, la Reina es tu madre y el Gobernador tu padrino!

— Don Meyo, mi madre está a seis pies bajo la tierra. ¡Y no siga insultándome porque le voy a dar su santo guitarrazo! ¿Quién cree que es uste' — el hijo del Gobernador? ¡Indio ignorante!

— ¡Lo que pasa contigo es que quieres tu cueriza al pie de la sagrada bandera!

— Y uste', viejo "chaquetero", ¡ojalá lo colgaran como farol de uno de estos postes!

Y sin decir ni oír más, doña Rufina se alejó precipitadamente, arrepintiéndose una y mil veces de haber pasado por donde estaba don Meyo.

— Los rezos sin el secreto no valen nadita — dijo doña Gumersinda Chocohj, haciendo un tremendo esfuerzo para sentarse en una banqueta de la sala en donde estaban las tres mujeres.

Eran las ocho de la noche cuando llegó la encorvada anciana a la casa donde le había indicado doña Chencha.

— Salí desde la seis de mi rancho y no me quedará más remedio que posar acá. Están estos caminos que no se puede ni caminar. ¡Es un solo "lodazal"!

— Descuide uste' señora — contestó doña Canata.

— ¿Tienen todo listo? — preguntó la anciana.

— Como ordenó, señora — dijo doña Chencha.

— ¿Y el niño?

— Solito en el cuarto.

— ¿Le dijeron que no salga?

— Sí, señora.

— ¿Está todo arreglado... todo nuevo y a un lado?

— Sí, doña Gumersinda.

— Y ¿el niño?

— ¡Ya le dijimos que en el cuarto!

— No come — dijo doña Canata llena de ansiedad —. Le aparecen barbaridades en su comida.

— ¿Y probaste el agua bendita?

— Sí, con eso le hice su atole esta tarde, pero solo bebió un *shishito*.

— Entonces, vamos a esperar — dijo doña Gumersinda —. Cómo llueve, ¿no?

— Sí — contestó doña Rufina —. Ya se acerca la temporada del chicle. ¿Va a subir mi compa' Gregorio, comadre?

— No sé que va a ser de él, comadre Fina.

Doña Canata se levantó para subirle la mecha a la lámpara para que diera más luz, cuando se oyó un silbido fino y melancólico, precursor de la acostumbrada visita de la misteriosa niña.

— ¡*Ma'y cu talo'h*! — gritó doña Gumersinda —. Oíganme todas ustedes. ¡Tenemos que guardar mucho silencio y cuando yo diga "a rezar" es que a rezar!

— Doña Gumersinda — interrumpió doña Rufina —, perdone uste', ¿pero a qué santo va a desguindar del cielo?

— A San Diego; ¡él es el mero mero!

— ¿Y San Miguel? ¿Y la novena que íbamos a terminar esta noche? — preguntó doña Rufina.

— Hija, San Miguel y San Diego... ¡huy!

Mientras respondía, doña Gumersinda sintió que una gran piedra le pasaba rozando el brazo para estrellarse con fuerza contra la pared.

— ¡Todos al suelo! — gritó alguien; y como soldados en campo de batalla, las mujeres se tiraron al piso. Un viento huracanado comenzó a soplar dentro de la casa causando que las paredes retumbaran. Parecía que un ferrocarril corría debajo de la tierra. Las banquetas se alzaron misteriosamente, mientras que platos, cucharas, piedras y atavíos parecían aparecer de la nada para quedar suspendidos por una fuerza sobrenatural y luego ir a chocar violentamente contra las paredes. Sin embargo, al aplacarse aquel pandemonio, absolutamente nada se había dañado.

— ¡Ay! ¡Ay!

Doña Canata se levantó y miró por todos lados para darse cuenta de que los quejidos venían de doña Gumersinda quien estaba embrocada sin poder levantarse. Doña Rufina y doña Chencha lograron ponerse de pie, y entre todas, auxiliaron a la anciana.

— ¡Ay! ¡Este ciclón sí que nos dio duro; siento que estoy toda "desquebrajada"! — se lamentó doña Gumersinda sacudiéndose el polvo de las enaguas.

— ¡Ssh! ¡Oigan! — musitó repentinamente doña Rufina haciéndoles señas a las mujeres para que se callaran.

En el silencio se oyó como José hablaba en el cuarto.

Se encontraba sentado como ya era costumbre en la mecedora. Al aparecérsele, la niña comenzó a mecerlo.

— ¿Por qué tratas mal a mi mamá y a las demás señoras?

— Quieren alejarte de mí, José. Van a invocar a Diego.

— ¿Y qué importa? ¿Por qué no sales y les dices que eres mi amiga?

La niña no contestó. Se acercó al niño y se arrodilló frente a él.

— Oye — le dijo —. Ven a vivir conmigo. No tengas miedo, yo soy tu amiguita.

El niño bajó la mirada tristemente sin decir ni una sola palabra.

— Tú estás muy triste; lo veo en tus ojos. Esas viejas no me quieren y tu papá anda de borracho por todas las calles.

— ¡Pero él es bueno! — replicó el niño.

— ¿Y por qué no viene a dormir acá?

— No... ¡no sé! Pero yo no quiero irme contigo, Clarita. ¡Tú me tiras cosas feas en mi comida!

Las mujeres escuchaban ansiosamente desde la sala. Doña Canata estaba en un solo temblor al lado de su comadre Rufina.

— Se lo quiere llevar — dijo doña Gumersinda.

— Pero cómo tarda en dar resultado el secretito — comentó desesperadamente doña Chencha.

— Es muy "cabrón" hija — respondió la anciana —. Recuerda que fue uno de los tantos espíritus que Luzbel se arrastró de los cielos.

Doña Gumersinda se arrodilló y ordenó que se prendieran las veladoras que había traído.

— Empecemos a rezar — dijo —, y ojo al santo por si hay pedradas.

Las demás señoras se hincaron y la anciana, con voz temblorosa, dio inicio al milagroso rezo de San Diego.

— En el nombre del Padre, del Hijo y del Espíritu Santo. ¡Diego! ¡Diego! Retira a Lucifer de esta criatura a quien quiere llevarse.

Mientras tanto, dentro de la humilde habitación, la desesperada niña hacía todo lo posible para conseguir lo que se proponía.

— Oye — dijo en una de tantas —, ¿quieres saber cómo se hace pintura de todos colores? ¡Te va a gustar!

— ¡Bueno! — exclamó el niño lleno de curiosidad.

— Echas un poquito de limón con un poquito de gasolina en una *jícara* y lo mezclas — explicó la niña —, y te va a dar bellos colores. Ven conmigo a mi casa y te enseñaré muchas cosas más. No te tiraré más cosas en tu comida. Montaremos a caballo por los pastos en noches de luna y haremos muchas travesuras.

José escuchaba maravillado por las fantasías que le relataba la pequeña.

— Y lo más divertido es cuando uno le teje el pelo a los caballos.

Al oír eso, el niño se sonrió.

— Sabes — siguió la niña entusiasmada —, yo puedo sacar oro de estas paredes.

E inmediatamente corrió hacia la mesa que se encontraba junto a la pared. Estaba a punto de meterse debajo de la mesa, cuando sus ojos captaron lo que se encontraba sobre el mueble. A un lado de la lámpara habían una bonita guitarra, una botella de romo blanco y una bolsa de tabaco. Al otro extremo, se encontraban un peine y un espejo de tamaño mediano.

— ¡Una guitarra! — exclamó la niña, maravillada al ver el instrumento musical —. Antes de enseñarte el oro, voy a tocarte una pieza con esta hermosa guitarra.

La niña jaló la banqueta que estaba debajo de la mesa y se acomodó.

Sin embargo, por más que intentaba sacar una melodía no le era posible.

— ¡Bah! — exclamó con cólera, tomó la botella de romo de encima de la mesa y se tomó la mitad de un solo trago. Después sacó un manojo de tabaco de la bolsa que estaba allí y se lo metió a la boca para masticarlo.

José la miraba atónito. Nunca en su vida había visto a una niña actuar tan vulgarmente.

La niña cruzó una pierna y se acomodó la guitarra para intentar nuevamente sacar una melodía; y lo logró. Las notas que comenzaron a brotar de las cuerdas eran tan bellas que parecían venir de la corte celestial. La música penetró suavemente los oídos de todos los que estaban en la casucha de don Gregorio

Antonio Cojol. Tan dulce era el sonido que las señoras se detuvieron a medio rezo embelesadas por su encanto.

José se levantó del sillón. El también había caído en el trance. Y al acercarse a la pequeña dijo:

— Clarita, ¡llévame contigo!

La niña no le dio ni la menor importancia a lo que dijo el niño. Siguió tocando con delicadeza singular y ni parecía que sus tiernos dedos rozaran las vibrantes cuerdas. De pronto, la niña comenzó a reírse. El niño la miró con expresión confusa. Era una risa vacía que paulatinamente traía a la superficie un sufrimiento profundo; y la niña comenzó a sollozar. El sollozo se encerró entre las paredes para convertirse en un llanto profundo que traspasaba el alma de aquellos que lo escuchaban.

— ¿Qué te pasa Clarita? — preguntó el niño compadeciéndose de su amiguita. La niña dejó de tocar. Lloraba inconsolablemente con el rostro inclinado.

— ¿Qué te pasa, Clarita? — preguntó José nuevamente.

— Mío fue lo más precioso que un mortal puede obtener, ¡y lo perdí! — dijo la niña con profunda nostalgia.

Murmurando esto, se levantó vacilante. Tiró la guitarra a un lado y comenzó a peinarse su bella cabellera con el peine que estaba sobre la mesa.

— Llévame contigo — insistió el niño.

La niña no le hizo caso; levantó el espejo y al mirar su reflejo en él lo tiró contra la pared. Entonces, se volteó hacia el niño y con un gesto de rabia le gritó:

— ¡Eres un ingrato como todos! ¡Me largo! ¡Quédate tú en este chiquero!

Y al entrar al cuarto las señoras dieron un hondo suspiro de alivio al encontrar al niño sollozando.

la

Llorona

La inmensa y majestuosa luna llena brillaba en su cenit. Sus rayos relumbrosos empapaban todos los rincones del pueblo por donde se escondía tímidamente la luz de los faroles. El constante soplo del aire ahogaba el aullido de los perros y los monótonos ruidos nocturnos. Y al impulso de la fuerte brisa, los árboles se mecían suavemente rozándose unos a otros con sus largas y frondosas ramas, dejando ir un silbido tierno y melancólico. El sonido agudo vibraba, llevando consigo el pesar de la avanzada noche, para dar paso a la mala hora.

La figura seguía avanzando. Se movía delicadamente a pesar de que sus largas enaguas, que le llegaban a los tobillos, se le metían entre las piernas. Parecía un ángel caído del cielo a quien las reglas de la gravedad aparentaban no tener efecto alguno, ya que daba la impresión de flotar sobre el suelo.

Macario no despegaba los ojos de la gallarda mujer. Parecía tan hermosa pero a la vez muy extraña. La contemplaba desde el árbol de guaya en donde se encontraba. Pero al acercarse más, Macario no pudo creer lo que veía. La mujer era tan parecida a María

Alejandra. Sin embargo, por más que trataba, no le podía ver el rostro para asegurarse de que en verdad era ella. La figura tenía la cara volteada hacia el lado opuesto en donde él se escondía. Al pasar, Macario la escrudiñó de pies a cabeza. Su gran emoción no le permitió darse cuenta que la mujer no tocaba el suelo con los pies. Y sin pensarlo dos veces gritó:

— ¡María Alejandra!

— ¡María Alejandra! ¡María Alejandra!

Don Salvador se encontraba sentado en la sala junto a doña Paulina, su mujer, quien estaba absorta en su bordado. Sostenía él entre sus manos una breve carta que había recibido esa mañana. La había leído varias veces, y por fin, se sentó para discutir el asunto con su esposa. Entonces, decidieron tomar en cuenta a María Alejandra de diecisiete años, la mayor de sus hijas, quien era indiscutiblemente la persona con más derecho a oír el contenido de aquella carta.

María Alejandra apareció apresuradamente a la puerta secándose las manos en el delantal rojo que llevaba enlazado a la cintura. Era una señorita muy hermosa, de cuerpo bien formado y facciones muy finas. Tenía piel clara, pelo largo, lacio, y negro como la noche; la belleza de sus largas pestañas se complementaba con una nariz larga y respingada y una sonrisa dulce y tierna.

— Mande papá — dijo sumisamente.

— Oye nada más — respondió don Salvador,

acercándose al papel —. "Muy respetable Señor Salvador Ibarra Montenegro... " Don Salvador se detuvo, volteó la cara hacia a un lado y tosió. Y continuó leyendo en voz alta. — "Me dirijo a usted con todo respeto añorando que usted y su distinguida familia estén gozando de las bendiciones de nuestro Creador... "

Don Salvador se detuvo por segunda vez y, echándole una mirada a doña Paulina, quien escuchaba atentamente con bordado en el regazo, dijo:

— ¡Muy buen saludo el de este muchacho!

Fue entonces cuando María Alejandra, que había permanecido de pie, levantó el rostro y, tratando de ocultar su emoción, se le acercó tímidamente a su padre.

— Muchacha — dijo don Salvador —, veo que te emocionas. ¿Acaso estás enterada de esto?

— ¡No, papá! — mintió María Alejandra bajando el rostro mientras doña Paulina la miraba inquietamente.

— "El propósito de la presente es para solicitarle a usted, permiso para visitar formalmente y cortejar a su dulce hija, María Alejandra... "

Don Salvador se detuvo y miró a su hija quien trataba de esconder una sonrisa que se le escapaba de entre los labios.

— María Alejandra, ¿conoces tú a Macario de Jesús?

Doña Paulina, deduciendo que todo eso se ponía un poco tenso, interrumpió.

— Ha bailado una o dos veces con ella en el Salón

Victoria; parece ser muy caballeroso.

— Ah, ¡entonces lo conoces! — exclamó don Salvador. Y diciendo esto, siguió leyendo.

— "Sepa usted, Señor Ibarra, que mis intenciones para con su hija son nobles. Le pido pues, que me otorgue usted una oportunidad para que su hija y yo nos tratemos y nos unamos eventualmente, si Dios lo permite, por medio del sagrado vínculo del matrimonio."

Don Salvador, sin terminar de leer la carta, la dobló y la puso en su sobre. Luego, se la metió en el bolsillo de la camisa.

— Hija — dijo —, puedes irte. Voy a pensarlo bien.

— Papá — suplicó María Alejandra —, por favor...

— María Alejandra — repitió el padre alzando la voz —, dije que puedes retirarte.

— Sí papá — contestó la joven dándose la vuelta para salir de la sala.

Don Salvador se levantó y se dirigió hacia el estante que estaba en una esquina. Bajó una bolsa y sacó su pipa negra y una bolsita que contenía tabaco. Doña Paulina seguía todos los movimientos de su esposo esperando que diera el veredicto.

— Paulina — comenzó don Salvador —, espero que cuides bien de María Alejandra cada vez que salen.

— ¿Qué quieres decir, Salvador? — inquirió doña Paulina asentando sobre la mesa a la par de ella la funda que bordaba.

— María Alejandra ya es toda una señorita — contestó don Salvador —, y tenemos que tener mucho cuidado con estos pretendientes que andan como buitres para ver a quién devoran.

— Ella también es mi hija, Salvador — dijo la señora —. Ella no baila con cualquier vago y, cuando reparten la limonada y las galletas, me aseguro que esté a mi lado.

— ¿Y de qué familia viene este tal Macario de Jesús? — preguntó don Salvador mientras llenaba su pipa de tabaco.

— ¡Ah! — contestó doña Paulina —. Es hijo de don Pedro y de doña Margarita. Viven a la entrada del pueblo.

— Sí, conozco a don Pedro. ¿Y qué hace el muchacho?

— Ayuda a don Gabriel en la carpintería.

Don Salvador se había sentado. Miraba a su señora mientras fumaba su pipa y, después de unos instantes de silencio, dijo:

— Hablaré con el muchacho esta noche.

— ¿Esta noche? — preguntó sorprendida doña Paulina.

— ¡Claro! Dice que pasará esta noche por acá.

— ¿Y qué vas a decirle?

— Pues... pues... — murmuró don Salvador pensativamente —, creo que le daré una oportunidad.

Ya dicha la última palabra don Salvador se levantó y se dirigió hacia el patio. Doña Paulina dio un profundo suspiro de alivio y continuó bordando.

— Ven hija. Siéntate y cuéntame cómo fue.

— ¡Ay! Tía Mela, siento tanta emoción.

— ¡Cómo no! Cualquier muchacha de tu edad se sentiría así. Me alegro muchísimo por ti, María Alejandra.

— Pues le cuento. El sábado pasado, cuando bailábamos, Macario me dijo que cómo desearía casarse conmigo. Y como prueba me dio su pañuelo blanco de seda cruda.

— ¿Y cómo así? ¿Casorio de primas a primeras?

— Ay, ¡es que uste' no sabe tía!

— ¡Hmm! ¿Qué tratas de ocultarme hija?

María Alejandra no se había quedado con las ganas de conocer la decisión de su padre al respecto. Se había metido al cuarto adyacente a la sala mientras sus padres hablaban y se había puesto a husmear. Y no renegó para nada cuando su madre la mandó a llevarle maíz a la tía Romelia que vivía contiguo a la iglesia. María Alejandra sentía que rebosaba de la alegría, y quien mejor que la tía Mela, su confesora, para compartir su gran emoción.

Y ya en la cocina de la tía, la sobrina conversaba muy entusiasmada con ella.

— María Alejandra, no trates de esconderme nada que yo he sido como tu mejor amiga — continuó la tía Mela acercándosele a la sobrina.

— ¡Cómo es uste', tía! — exclamó María Alejandra indignada por lo que había dicho la tía —. Lo que pasa es que en noches de luna cuando salgo a pasear con Carmelita y sus hermanas, Macario nos encuentra por la plaza.

— ¡Virgen Santísima! — exclamó la tía —, no me hagas pensar cosas que no debo.

— Ay no, tía. Yo nunca me atrevería a hacer cosas malas como tomarse de las manos o besarse.

— Claro que no, hija. Esas caricias antes del matrimonio son malas. Cuidado hija, que el besotearse lleva a otras cosas que no me atrevo a mencionar.

— Sí, tía — dijo María Alejandra con mucho respeto; y abriendo los ojos apasionadamente dijo:

— Yo sólo me conformo con mirarle a los ojos. Siento que hasta la cabeza me da vueltas.

Y tomándole las manos a su tía, preguntó:

— Tía Mela, ¿uste' cree que estoy enamorada?

— Pues, mirando como te dan vuelta los ojos, yo diría que sí — contestó la tía Romelia sonriéndose.

— Cuénteme tía. ¿Como supo uste' que estaba enamorada de mi tío?

— Yo nunca me enamoré. Mis papás dijeron con quién yo debía de casarme y ni siquiera conocía al tal Hortencio.

— Y uste', ¿no protestó?

— ¿Qué? Uno no tenía ni voz ni voto. Recuerdo la mañana en que Hortencio llegó al cerco de la casa y tiró el tercio de leña.

— ¡Y se tuvo que casar!

— Ni modos, y de trece años. Tampoco quería quedarme pa' vestir santos, sabes.

— ¿Y llegó a querer a mi tío Hortencio? — inquirió María Alejandra con más curiosidad.

— Pues sí — contestó la tía Mela —, aunque me amarraba y me daba mis "tojasos", siempre se preocupó por mí.

Y mirando fijamente a María Alejandra, la aconsejó diciéndole:

— Hija, la mujer fue hecha para el hombre y debe obedecerle. Recuerda que la buena mujer le soporta todo a su marido.

— Sí — afirmó María Alejandra sin mucho entusiasmo. Se le acercó a su tía e inclinando la cabeza dijo:

— Macario ha pedido permiso para visitarme.

— ¡No me digas! — gritó doña Mela compartiendo la alegría de la sobrina. Se levantó y abrazó a María Alejandra.

— Oye — dijo —, ¿y qué dijo tu padre?

— No quiso que me quedara en la sala — siguió María Alejandra —, pero me puse a husmear y le oí decir que le dará una oportunidad a Macario.

— ¡María Alejandra! — exclamó la tía —. ¡Qué alegría! Ah, pero no debiste escuchar a escondidas. Debes confesar tu culpa.

— Sí, tía Mela — respondió María Alejandra humildemente. E incapaz de contener la emoción que le brotaba muy por dentro siguió:

— Tía Mela, fíjese cómo me siento de feliz. A veces parece todo un sueño. Y al acostarme no dejo de oler su pañuelo que guardo debajo de mi almohada.

La señora tomó a María Alejandra de los hombros y le dijo:

— Eres muy dichosa, hija. Es bueno que llegue el

muchacho a tu casa y que tus padres lo conozcan. Y no tarden en casarse, ¿eh? Ya tendré listas las cadenas salomónicas.

Y riéndose con gran gusto, la tía y la sobrina se abrazaron.

— Oye — dijo luego la tía — ¿y tú sabías lo de la carta?

— Pues, Macario me lo mencionó el sábado cuando bailábamos.

— Me imagino que hasta ni duermes — le dijo doña Mela sonriéndose —. Pero recuerda que tienes que confesar tu culpa. Bueno, gracias por...

Doña Romelia no terminaba de hablar cuando entró muy de repente doña Remigia. Llegaba como bala disparada. Doña Remigia era una mopanera que vivía en el Succotz y era muy amiga de doña Romelia. Como la típica mopanera, llevaba el pelo trenzado y vestía un huipil ancho y floreado, bordado al cuello y combinado con anchas enaguas blancas que le llegaban hasta los tobillos.

— *¡Je cu talo'h!* ¡*Je cu talo'h!* — gritaba la mujer señalando hacia afuera.

— ¿*Ba'x cu yuchutech co'leh*? — preguntó doña Romelia con gran asombro.

— *¡Je cu talo'h!* — repitió la mujer.

— ¿Qué vendrá? — preguntó María Alejandra dirigiéndose hacia afuera.

— ¡"Vapor e' tierra"! ¡"Pito e' Police"! — siguió la mopanera. Trataba de jalar a doña Romelia para llevarla a la calle. Y desde la puerta, María Alejandra gritó a su tía.

— ¡Tía Mela! ¡Venga a ver la máquina que camina! ¡Y mire el gentío que le sigue; parece la procesión del Santo Entierro!

Macario de Jesús vivía con sus padres y sus hermanas por la orilla del río a la entrada del pueblo. Don Pedro, su padre, se dedicaba al cultivo de toda clase de verduras. Macario lo ayudaba solamente cuando faltaba el trabajo con don Gabriel, el carpintero, quien tenía su taller frente a la plaza.

Esta tarde, Macario llegó a su casa y encontró a su madre preparando la cena en la cocina. La cocina estaba a pocos pasos de la casa; era pequeña, hecha solamente de *coloxché* y corozo y era allí donde Macario comía y dormía. Se sentía muy incómodo dormir entre cinco hermanas en la casa y no era porque no se llevaban; al contrario, se querían y se respetaban muchísimo.

— ¿Viste el "rebumbio" por la plaza? — le preguntó su mamá mientras revolvía los frijoles, que se cocinaban en la olla sobre el fuego.

— Ah, ¡sí! — respondió Macario ya sentado —. Hasta yo me le pegué atrás.

— ¡No me digas! — exclamó doña Margarita sonriéndose —. ¿Detrás de la máquina?

— Se llama au-to-mó-vil — corrigió Macario.

— Cuidado te muerdes la lengua — comentó en seguida doña Margarita al oír la extraña palabra.

— ¡No! — replicó el joven —. Memoricé bien la palabra.

Y poseído por la emoción se levantó, y, acercándose a su madre, comenzó a describirle la atracción del día.

— Es una gran máquina negra, y en vez de pies, tiene ruedas. Ah, y tiene en donde sentarse.

— ¿Y es cierto que camina solita la cosa esa?

— Pues, yo creo que no, ya que miré que Mista' Tapin le daba vuelta a una rueda y cuando la gente le decía que lleve la máquina a la izquierda, le daba vuelta a la rueda y la máquina le obedecía. Y decían que no nos acerquemos mucho ya que podría matarnos.

— ¿Quién? ¿Mista' Tapin?

— No, el automóvil.

— ¡Señor de Esquipulas! ¿Y cómo hará el viejo ese para que le obedezca?

— No sé. Solo miré que jalaba palancas por todos lados como loco con las manos y los pies.

— ¿Y la gente?

— Pues todos estábamos espantados. Unos se tiraron al suelo para ver si Mista' Tapin no lo estaba tumbando con los pies. Pero hubiera visto a las vendedoras corriendo como las gallinas cuando las corretea el gallo.

— Eso sí que me hubiera gustado ver.

— Y después, Mista' Tapin dijo que llevaría el automóvil a pasear y toda la gente lo comenzó a seguir. Le digo que parecía procesión. Al llegar al frente de la iglesia, Mista' Tapin se bajó y dijo que la máquina tenía sed y comenzó a echarle un líquido.

— ¿Acaso tiene boca, pues?

— Solamente un hoyo. Pero le cuento, era un solo escándalo.

— Sí, sí por acá oí el griterío. Todos dejaron su bendito oficio como cuando viene de visita el Gobernador.

— Yo regresé después al taller y don Gabriel no estaba allí. Terminé de trabajar, cerré y él todavía no había llegado. Al cruzar la plaza me encontré con Chebo, quien me dijo que don Gabriel se había quedado con Mista' Tapin examinando la máquina.

— ¿Y que tanto le veía don Gabriel tú?

— Me dijo Chebo que se metía por donde alcanzaba, tratando de buscarle los pies.

— ¿A Mista' Tapin?

— No mamá, a la máquina.

— ¡Ja! Pues, según dices tú, se los encontrará en el día del Juicio. Bueno, ahora realmente sé lo que trajeron en el pipante. Al principio creí que era uno de esos animales que la Sista' Francisca nos muestra en sus libros.

— ¿Cuál de ellos?

— Esos que dice ella que hay allá por el Africa; los que no beben agua... esos que parecen...

— ¡Ah! ¡El camello!

— ¡Sí, esos!

Y como dos niños, doña Margarita y el joven Macario comenzaron a reírse hasta no poder más.

Ya terminada la diversión, doña Margarita se secó las lágrimas de los ojos. Luego, se dirigió hacia Macario que se había sentado en la mesa y le preguntó:

— Oye, hijo. ¿Le mandaste la carta a don Salvador?

Al oír esto, el semblante de Macario cambió y muy seriamente contestó:

— Sí mamá y voy a pasar después de la cena para ver que es la respuesta del viejo.

— ¡Ay, Hijo! — dijo doña Margarita —. Ojalá y tengas suerte. María Alejandra viene de muy buena familia.

— Pues, con la tremenda carta que mi papá me ayudó a redactar, no creo que don Salvador lo piense dos veces — dijo Macario. Se puso de pie y comenzó a desabrocharse la camisa sudada que traía puesta.

Doña Concepción lo observaba y, después de unos instantes, dijo:

— Hijo, ya tiene días que estoy por decirte algo.

— ¿Qué pasa, Mamá?

— No es nada grave — dijo doña Concepción sentándose en una banqueta —. Oye, ¿a qué horas llegaste del velorio el martes pasado?

— ¿Por qué me pregunta uste' eso?

— ¡Ah! Es que como tú duermes acá en la cocina, yo no oigo a que horas entras. Ya tarde de la noche no hay cosas buenas en las calles.

Y alzando la mirada hacia su hijo, la madre siguió diciendo:

— Temo que te pase igual a lo que le pasó al tío Sebastián.

— Mamá, cuántas veces no te he dicho que tío Batán estaba borracho cuando dice que miró a esa mujer que lo fue llevando al río. Eran puras imaginaciones suyas, efectos del guaro.

— Macario, y cuántas veces no te he repetido que los vecinos oyeron las carcajadas de la mujer.

— ¡Bah! — exclamó Macario —. Tonterías; solamente eran alucinaciones. Hasta no ver no creer.

Doña Margarita se quedó mirando a su hijo que se secaba el sudor con la camisa, tomó una naranja que estaba sobre la mesa y se puso a pelarla con las manos.

— Dicen que es una mujer muy hermosa.

— ¿Quién? ¿María Alejandra? Eso nadie tiene que decírmelo.

— ¡No tonto! ¡La *xtabai*! Atrae a los hombres jóvenes y bien parecidos, y con sus encantos comienza a llevárselos.

— Pero, mi tío no era joven ni guapo — se mofó Macario.

— Pero tal vez para la mujer sí lo era — dijo doña Margarita.

Y partiendo la naranja en varios pedazos, siguió diciendo:

— Dicen que los lleva al barranco o al río hasta que los logra matar.

— ¿Y cómo fue que tío Batán se escapó? — preguntó el joven tomando un pedazo de naranja que su madre le ofrecía.

— Bueno, ya llegando al río — dijo la madre —, se dio cuenta que todo eso no era nada bueno y por más que quiso correr, no pudo. Fue entonces cuando comenzó a rezar la Oración del Justo Juez. La mujer se pegó la carcajada y se tiró al río.

— Pues, como le dije — reiteró Macario —, creeré hasta que lo mire y ojalá me saliera esta noche. Soy guapo y joven.

— Ni lo digas, hijo — exclamó doña Concepción santiguándose.

Macario se comió el pedazo de naranja y estiró la mano para tomar otra.

— Me va a perdonar, madre, pero cuando se trata de la llorona, el duende, el cadejo y de brujos, yo no creo.

— ¿Qué? — gritó la madre —. ¿Acaso no creíste lo que nos contó tu padre de la noche cuando le dio de correazos a una marrana que no lo dejaba pasar? ¿Me estás diciendo que no le creíste cuando dijo que la marrana le pidió misericordia y le dijo que era una tal Dolores? ¿Acaso dudaste cuando te dije que doña Chawa pasó por acá pa' que le leyera el libro de la Gallina Negra? Dudas de...

— ¡Bueno! ¡Bueno! — interrumpió Macario levantando la mano —. No se ofenda uste' que no fue mi intención.

— ¡Está bien! — dijo doña Concepción levantándose de la mesa —. Lo que te pido es que no te demores mucho en la calle. Y si alguna noche ves algo, no vaciles; ¡busca tu casa!

Luego, levantó el mantel que tapaba el plato con masa. Se volteó hacia Macario y dijo:

— Espero también que pongas el palo grueso contra la puerta de la cocina cuando te acuestes. Y no me digas que no sabes por qué se hace.

— Para ahuyentar a los malos espíritus — contestó

Macario llevándole la corriente a su madre. Y meneando la cabeza de lado a lado salió de la cocina.

La sala de la casa de los Ibarra Montenegro era muy amplia. A un lado había una mesa que medía más o menos dos metros de largo. La cubría una carpeta celeste y, al medio de dos lámparas de keroseno que iluminaban por completo toda la sala, había un hermoso arreglo floral. Pegados junto a la pared, habían tres sillas y una banca.

Macario había llegado a la casa de don Salvador a las siete en punto de la noche ataviado con sus mejores ropas; era un joven de veinte y cuatro años de edad, alto, fuerte y muy bien parecido, además de ser agradable y muy charlatán. Al llegar, se encontró con don Salvador quien lo esperaba en la sala. Los dos caballeros se sentaron a conversar muy seriamente y, al terminar, don Salvador llamó a María Alejandra, que lucía bella en su elegante vestido blanco, y se la presentó como era la costumbre cuando principiaba formalmente un noviazgo.

María Alejandra se sentó en la cabecera de la mesa y Macario tomó su lugar al otro extremo. Después entró doña Paulina y se sentó al lado de su esposo.

— ¿Y Elenita? — preguntó don Salvador dirigiéndose a su esposa.

— Prefirió acostarse — contestó doña Paulina —. Le toca ir mañana a ayudar a las monjas a arreglar la iglesia para la coronación de la Virgen.

Se calló y nadie dijo nada.

María Alejandra se movía inquietamente en su silla mientras que Macario la miraba de reojo. La muchacha lucía más bella que nunca. Llevaba el pelo arreglado en rizos. Su semblante irradiaba una hermosura singular; parecía un ángel del cielo. Al verla, Macario sentía cada vez más un deseo profundo de acariciarle las mejillas y besarle esos labios tan rojos como la misma sangre. María Alejandra solamente suspiraba y se sonreía, mientras que Macario se mordía los labios de la emoción.

— ¿Viste el automóvil hoy, muchacho? — preguntó don Salvador rompiendo el silencio.

Sin embargo, no hubo respuesta de parte de Macario. Todo su interés estaba puesto en los apacibles ojos de María Alejandra.

— ¡Estoy hablándote, Macario! — dijo don Salvador subiendo la voz.

— Ah, perdone don Salvador — se disculpó Macario volteándose hacia su interlocutor —. ¿Qué dice uste'?

— Vaya — replicó don Salvador sarcásticamente —, este muchacho parece estar gozando de la visión beatífica.

Y sonriéndose repitió:

— Pregunto si viste el automóvil esta tarde.

— ¡Sí, cómo no! Pero me divirtió más ver la emoción de la gente.

— Claro — interrumpió don Salvador —. Todos por acá estamos acostumbrados a ver solamente los vapores que llegan cuando el río sube.

— Oiga uste', don Salvador; ¿podría explicarme

como es posible que esa máquina se mueva?

— Pues usa gasolina. Y además tiene una palanca al frente. Le tienen que dar vuelta para echarlo a andar. Según la descripción que daba la gente, llegué a la conclusión de que es un Ford.

— ¿Un qué? — preguntó doña Paulina.

— Es la marca — dijo don Salvador —. He visto muchas cosas en los libros que manda Elías Alberto del Brasil.

— Pero hace un ruido que hasta lastima los oídos — dijo Macario.

— Sí, lo oímos hasta acá — contestó don Salvador —. Es un chiflido que parece el pito que usan los comisionados.

— Que cosas, ¿no? — replicó Macario paseando la mirada por toda la sala —. Hasta que el Benque vió algo nuevo.

— Benque, Benque — dijo don Salvador pensativamente —. Los primeros pobladores nunca pudieron pronunciar la palabra correcta en inglés; ni aún nuestros padres que vinieron después.

— ¿Y cómo debe de ser? — preguntó tímidamente María Alejandra hablando por vez primera.

— "Bank" — dijo don Salvador cuidadosamente —, y se refiere al pueblo situado a una orilla del río donde tiraban las trozas cuando todo por acá era montería.

— Oye muchacho — siguió el señor desviándose de su tema —, ¿y qué me cuentas de don Gabriel?

— Pues allá está. Toda la tarde se la pasó buscándole los pies al automóvil.

Esto le causó tanta gracia a los allí presentes que en

un instante las paredes retumbaban por las carcajadas.

— ¡Ay! — exclamó don Salvador con ojos lagrimosos —. No sé qué hará mi pueblo cuando vea las cosas que le esperan.

— ¿Qué cosas, Salvador? — preguntó su esposa soplándose la nariz con su pañuelo de seda.

— Pues máquinas que hacen que la oscuridad se vuelva luz, pájaros de bronce que llevan a gentes por los aires. Les digo que hasta del duende y de la llorona nos vamos a olvidar.

Todos escuchaban atentamente lo que don Salvador, quien como sabio de antaño predicándole a sus seguidores, decía con tanta certeza.

— Perdone que le interrumpa — dijo Macario recordándose de las prédicas de su madre —. ¿Creé uste' en los malos espíritus?

— Veo que retas las creencias de este pueblo, muchacho — dijo don Salvador —. ¿Acaso tú no crees?

— Nunca he visto nada — contestó Macario encogiéndose de hombros.

— He tenido muchas experiencias — siguió don Salvador —, pero lo que más vívamente recuerdo es la noche cuando logramos atar a la llorona a un árbol.

— ¿Qué? — exclamó Macario —. ¿Pasó eso acá?

— No — contestó don Salvador —, sucedió en Dolores. Veníamos cuatro de nosotros un poco tomados, y miramos a la mujer sentada sobre una gran piedra debajo de un árbol de residán. Se peinaba su cabellera negra que caía hasta el suelo.

— ¿Y qué hora era? — preguntó Macario.

— Ya pasadas las once de la noche. Recuerdo que nos detuvimos no muy lejos y alguien sugirió conseguir bejucos para poder amarrarla.

— ¿Y cómo lo hicieron? — preguntó el joven.

— Al conseguir los bejucos le salimos por detrás y sin pensarlo, le dimos vueltas al residán para sujetarla bien y luego salimos corriendo. Pero grande fue nuestra sorpresa cuando al día siguiente llegamos al mismo sitio y encontramos atada una batea con agujeros por todos lados.

— Oiga, don Salvador, ¿cómo era la cara de la mujer?

— Nadie la ha visto — contestó doña Paulina tomando parte en la intrigante discusión —. Dicen que la persona que le ve la cara, muere.

— Sin embargo, Paulina — añadió don Salvador —, muchos dicen que tiene la cara hueca con tantos agujeros que es parecido al *lek* que usamos para guardar tortillas.

— Se dice que el espíritu maligno se encierra en troncos secos y bateas viejas y toma la forma de una mujer — siguió doña Paulina.

— Pero es fácil ahuyentar a esos espíritus — dijo don Salvador —. Se abre un cartucho y se mete un botón de camisa juntamente con una cruz hecha de palma bendita, ¡y ya! Solamente es de tenerlo listo en la carabina.

— ¡Ah! — exclamó Macario, quien durante todo ese tiempo escuchaba con profundo entusiasmo —, pero yo, como le digo a mi madre, soy como Santo Tomás, hasta que yo vea algo es que voy a creer.

— Ten por seguro que vas a ver muchas cosas —comentó don Salvador —. Eres muy joven todavía.

Y sacando su reloj del bolsillo miró la hora y exclamó:

— Cielos, ¡cómo vuelan las horas! Muchacho, ya son las nueve y cuarto.

— Sí, disculpe uste' — respondió Macario.

Se levantó y dirigiéndose a María Alejandra se despidió.

— Fue un placer, María Alejandra. Que tengas muy felices sueños.

— Muy buenas noches, doña Paulina.

— Igualmente hijo.

Al llegar a la puerta, don Salvador, quien acompañaba a Macario, dijo:

— Hace luna llena, parece que fueran las siete de la noche. Ha de andar mucha gente por las calles todavía.

— Sí. Dijeron que iban a exhibir el automóvil en la plaza hoy. Tal vez pase por allí.

— Bueno — dijo, a la vez que le estrechaba la mano a don Salvador —, le agradezco a uste' la confianza que ha depositado en mí. Muy buenas noches, don Salvador.

— Que Dios te acompañe, muchacho — dijo el viejo respondiendo al saludo.

Macario nunca se había sentido tan feliz. Todo le parecía sonreír, y al pasearse por los callejones del pueblo, soñaba con el día en que esperaría a María

Alejandra en el altar. Al encontrarse con Manuel y Antonio por la plaza, se pusieron a conversar sobre las novedades del día. Las pocas personas que quedaban en la plaza comenzaban a retirarse. Ya Mista' Tapin había guardado el automóvil en el patio de don Rogelio. Además, la gente ya se había cansado de pagar veinte y cinco centavos por solamente sentarse en el vehículo. Y cuando escucharon las campanadas del gran reloj que tocaban las once de la noche en la casa de don Dentón, los muchachos se despidieron y partieron rumbo a sus respectivas casas.

La noche estaba muy fresca y serena. Al pasar por el Salón Victoria, Macario no resistió la tentación de detenerse y sentarse sobre una piedra cerca de un frondoso árbol de guaya. A pesar de que la luna brillaba con gran resplandor, ya nadie andaba por las callejuelas del pueblo. Y extrañamente, las guitarras que solían vibrar por los aires con sus melodías de parranda en noches de luna como ésta, parecían estar de duelo. Macario sacó un cigarrillo del bolsillo de su camisa, lo prendió y comenzó a fumar. Al sentir las caricias de la brisa, echó a volar sus pensamientos. Se sentía libre y dichoso; era un recipiente rebosante de felicidad. En su éxtasis no advirtió la silueta de una mujer que salía de los rumbos de la iglesia, para dar vuelta a la calleja del salón de baile por donde él se encontraba. Al voltearse, sintió la extraña presencia pero, creyendo que era solamente su imaginación, cerró los ojos, y meneó la cabeza de lado a lado para tratar de borrar aquella imagen. Sin embargo, no era su imaginación.

Con ojos llenos de asombro, Macario logró ver que la mujer se acercaba. Era de estatura media, esbelta y aparentaba ser muy joven. No se acostumbraba a ver en absoluto a muchachas pasearse solas por las calles. El muchacho se puso de pie, tiró el cigarillo al suelo y lo pisoteó. Luego, se escondió detrás del gran tronco de la guaya.

Esperaba detrás del árbol a que la mujer se aproximara y mientras lo hacía se preguntaba:

— ¿Qué doncella será ésta que se atreve a pasearse sola y a esta hora? ¿Será alguna de las tantas concubinas de don Leonor? Este hombre siempre las trae del lado mexicano.

Conforme la figura se acercaba, Macario notó que la extraña mujer tenía rasgos conocidos.

— Me recuerda tanto a alguien — pensaba sumergido en el laberinto de sus pensamientos. Trataba de hallar la identidad de esta mujer, que indudablemente había cruzado por su vida. Al acercarse más y más, Macario creyó ver en la mujer a alguien a quién creería ser la última persona en vagar las callejas del pueblo como ánima en pena.

— No es posible — se dijo Macario —. ¡No! ¡No puede ser María Alejandra!

Se agarró desesperadamente del tronco del árbol y agrandó los ojos para asegurarse.

La doncella no daba el rostro hacia donde él se escondía. El cabello lo llevaba trenzado y le llegaba un poco más abajo de la cintura. Vestía una blusa blanca atrevidamente escotada y enaguas blancas, anchas y largas. Una de las manos la llevaba suelta, al aire y en la otra sostenía algo parecido a una pañoleta.

— Pero el rostro — decía Macario —, ¿por qué no me lo da?

Y lo que dejó a Macario libre de toda duda, fue cuando la extraña mujer pasó directamente por donde él estaba, y notó que entre los dedos de la mano izquierda sostenía el pañuelo de seda cruda que él le había dado a María Alejandra la noche del sábado cuando bailaban. Y saliendo de su escondite gritó:

— ¡María Alejandra!

La frágil figura no se detuvo; siguió como si no hubiera oído nada. Macario se detuvo a media calle. A pesar de que la mujer tenía todas las características físicas de su novia, le invadía una extraña sensación. Entonces, notó como los delicados pies de la mujer no parecían ni siquiera rozar las piedras; se movía tan delicadamente como si fuera una nube bajada del cielo. Creyó estar soñando, pero tenía que alcanzarla.

— ¡Es ella! ¡Es ella! — se repetía Macario —. ¿Pero estará sonámbula? Don Salvador nunca le permitiría salir sola y a esta hora. ¿O será que está poseída? ¡Puede ser peligroso para ella, debo detenerla!

A pesar de sentir un gran escalofrío, se apresuró detrás de la mujer que se alejaba ligeramente, como la niebla que se desliza entre los matorrales. Al avanzar, imágenes de la gallarda mujer pasaban fugazmente por su mente. A Macario le era tan difícil concebir todo eso.

— Nunca he visto a María Alejandra con blusas tan indecentes — pensaba —. Además, don Salvador jamás se lo permitiría. ¿Será que salió a buscar a alguien?

Sin embargo, Macario estaba consciente del hecho de que ni las indecentes que se tomaban de las manos con los novios, ni aquellas quienes usaban los vestidos a las rodillas, se les veía vagar solas por las calles angostas y pedregosas, a tan avanzadas horas de la noche.

Pero, por más rápido que caminaba, Macario no lograba alcanzar a la cautivadora mujer quien iba hacia el río. Lograba llegar a pocos pasos de ella y, misteriosamente, cuando extendía las manos para tocarla se daba cuenta que ya no estaba allí. Avanzaba tan veloz como el relámpago.

De pronto, la claridad de la luna comenzó a disiparse igual como cuando se le baja la mecha a una lámpara para reducirle la intensidad de la luz. El aire soplaba ya más fuerte y un poco helado. Macario alzó la mirada al cielo y observó como una nube espesa e inmensa se tragaba la luna. Y la oscuridad envolvió la tierra. Macario se detuvo repentinamente y, sintiendo una gran decepción, trató de ver más allá de la calleja por donde iba. No vio a nadie; había perdido a María Alejandra.

En lo negro de la noche, el muchacho logró ver la débil claridad del farol. Se dio cuenta, pues, que estaba a solamente una cuadra de la última calleja que corría a lo largo del pueblo. Desde allí, para llegar al río, solamente se necesitaba bajar veredas, que habían sido trazadas en la escarpada ribera por los caminantes y el ganado. Macario se acercó al poste del farol y se detuvo. Jadeaba de la emoción y el cansancio. Se sentía confuso, y, además, una incertidumbre

lo dominaba. Escuchó el aullido débil y confuso de los perros atados en los ranchos por las colinas. El pueblo entero dormía profundamente. Estaba por ir a casa de los Ibarra Montenegro para avisarle a don Salvador, cuando su mirada captó nuevamente la silueta de María Alejandra quien se había detenido por la esquina de la última calleja.

Macario no perdió tiempo. Se desvió hacia la orilla del camino, y entre los arbustos se abrió paso calladamente, para no atraer la atención a María Alejandra quien estaba de espaldas en medio del camino. Al acercarse, Macario miró como ella, con las manos, se deshacía ágilmente la galana trenza hasta que su larga y preciosa cabellera la cubrió como un manto negro. El muchacho ya se encontraba muy cerca de ella y ya para entonces, la luna dejaba atrás la densa nube. Macario estaba seguro que esta vez María Alejandra no se le escaparía. Sin vacilar, se lanzó de entre los arbustos para sujetar de los hombros a la venusta doncella quien permanecía de espaldas. Pero el impacto no provocó ninguna reacción.

— ¡María Alejandra! ¡Despierta! — gritó sacudiéndola. Y al ver que no le respondía, quiso forzarla para que le diera el rostro. La mujer, sin voltearse, alzó la mano derecha y lo detuvo, sosteniéndole firmemente por la muñeca. El joven quedó atónito. Al resplandor de la luna naciente de entre la gigantesca nube que daba su adiós, Macario quedó petrificado al ver aquella mano que le enganchaba. No era la delicada mano de María Alejandra sino una garra áspera con dedos enjutos y uñas largas y corvas como las del buitre.

Macario quiso liberarse, pero no podía. Sentía el ardor en la muñeca que le apretaba aquel misterioso ser. Quiso gritar, pero sentía que no le obedecía la voz. Entonces, apretó los ojos desesperadamente para tratar de despertar de esa horripilante pesadilla, pero, al abrirlos, se encontró cara a cara con un espectro tan aterrador que casi le hizo perder el conocimiento.

No era el angélico semblante de su encantadora novia, sino el diabólico rostro del maligno vagando en cuerpo mortal. La cara era larga con pómulos que sobresalían como dos cuernos listos para nacer. Las cuencas de sus ojos eran bien hondas pero aptas para los inmensos ojos que emanaban un brillo intenso como de fuego. Con el alma en la mano, Macario logró ver borrosamente la nariz puntiaguda, tan larga que se culebreaba de lado a lado, mientras que una sonrisa escalofriante se le formaba para revelar en la boca tres grandes colmillos. Al instante, el cielo y la tierra parecieron temblar al estrépito de una carcajada burlesca y macabra.

Cuando Macario se dio cuenta, la grotesca figura no estaba a su lado. Su corazón le palpitaba tan fuerte como nunca y sentía su cuerpo terriblemente pesado. A pesar de que sudaba a chorros, sentía que le corrían escalofríos por todo el cuerpo. No se atrevía a ver rumbo al río por miedo de ver, de nuevo, a ese engendro del demonio. Al intentar moverse, se dio cuenta que no podía; sentía un miedo aterrador y una gran desesperación. El aullido de los perros se volvía

más fuerte y, nuevamente, la noche comenzó a nublarse paulatinamente.

De pronto, Macario escuchó pasos. Sintiendo que ya le había llegado su hora, volteó la mirada hacia el río y, justamente, no muy lejos, vio a la mujer, alta como las chatonas que bailaban durante las fiestas patronales. El cabello lo tenía tirado hacia la frente y solamente se le miraba la grotesca nariz de monigote moviéndose de lado a lado; y debajo de las enaguas le salían las largas uñas de los pies. La mujer le hacía señas con el pañuelo llamándole para que se le acercara.

Macario, casi hipnotizado, hizo el último intento para correr y lo logró. Su casa le quedaba a solamente dos esquinas pero, se le hacía una eternidad. Por más que corría no parecía avanzar, y al mirar hacia atrás, pudo ver como la mujer le seguía elevada por una fuerza sobrenatural. Las palabras sabias de sus mayores le resonaban por todos lados.

—... Y si alguna noche la ves, no vaciles; busca tu casa...

—... Ten por seguro que vas a ver muchas cosas...

Estas se repetían con más fuerza hasta que Macario, como un demente, comenzó a gritar histericamente.

— ¡No! ¡No! ¡No me dejen! ¡Auxílienme!

Sentía las piernas pegajosas por el sudor y el orín. Miraba hacia atrás mientras avanzaba a tropezones por la pedregosa calleja. Y las profusas gotas de sudor lavaban las lágrimas que le comenzaban a brotar de los ojos.

Al llegar a su casa creyó ver a doña Paulina quien lo señalaba diciendo:

— ¡La persona que le ve la cara, muere!

Y Macario se tiró contra la puerta abriéndola violentamente con su pesado cuerpo.

los

Finados

¡Viva María! ¡Viva el Rosario!
¡Viva Santo Domingo que lo ha fundado!
¡Viva María...

Era doña Chepona de los Dolores Maradiaga, quien cantaba alegremente en su cocina, mientras limpiaba la hoja de plátano para envolver los bollos de anís, para los santos angelitos que llegarían al día siguiente.

Doña Chepona Maradiaga había nacido en la Colonia, de padres Peteneros, quienes habían abandonado su tierra durante la época Cabrerista, a causa del mal gobierno.

— Eran tiempos difíciles — contaba doña Ciriaca Maldonado de Capistrano, difunta madre de doña Chepona.

— A los hombres los obligaban a limpiar las calles; a los prisioneros los azotaban para luego echarles agua de sal, y a las mujeres chismosas las rapaban y las ponían a media plaza a hacer totoposte para los trabajadores.

Doña Chepona era flaca, alta y de mediana edad. Era casada con don Pablo Evangelino Maradiaga, pero habían tenido la mala suerte de no tener hijos y siempre lo lamentaban. Don Pablo era chiclero y cada año, juntamente con otros compañeros, subían en el mes de julio a las montañas, y bajaban hasta el mes de febrero, cuando ya habían conseguido la cantidad de chicle que el contrato requería.

Como la mayoría de las casas del Benque, la casita de la Señora de Maradiaga era de *coloxche'* o palo rollizo rústico cortado durante la luna llena para evitar la polilla y embarrada con lodo mezclado con *jolo'ch*, la hoja seca del maíz. La cubierta era de guano sostenido con el mismo tipo de palo rollizo. Pegada a esta casita había una pequeña ampliación o "tumbadillo" que le servía de cocina a doña Chepona. La casita se encontraba al frente de la iglesia de piedra dedicada a la Virgen del Carmen, y un hondo y estrecho callejón separaba la casa de doña Chepona del templo.

— ¡Viva María! Viva el Rosario...

— Buen día, doña Chepa.

— ¿Sí? ¿Quién es?

— Soy yo... aquí le traje su leña, doña Chepita.

— ¡Ah! Es uste' don Juan. ¡Allá voy!

Don Juan Sebastián Morelos era un viejecillo viudo, pobre y sin hijos. Todos los suyos se acabaron durante la epidemia de la Fiebre Española que cobró muchas vidas en el pueblo once años atrás. La edad de don Juan no le permitía ir a las montañas a chiclear. Y día tras día, para poder sobrevivir, se iba al monte a cortar leña para vender en el pueblo.

Doña Chepona se limpió las manos en sus largas y floreadas enaguas y se apresuró hacia la puerta que daba al callejón.

— ¡Ajá! Justo a tiempo — dijo al ver a don Juan que descargaba un tercio de leña de su mula —. Ya estoy por poner los bollitos de anís sobre el fuego.

— ¡Ah! ¡Sí! Cómo quisiera ser un angelito pa' ser uno de los primeros en saborearlos — gimió don Juan, mientras metía la leña dentro de la casa.

— Don Juan — dijo doña Chepona —, me alegra que uste' recuerde que lo que se hace el primero es pa' los angelitos. ¡Pero eso sí, pasado mañana puede venir por la tarde, que le voy a dar unos grandes bollos de gallina con *xpelón* que va a chuparse los dedos!

Siguió a don Juan quien iba agachado por el peso de los años y la leña.

— ¡Pues, qué bien! — contestó el anciano tirando la leña en un rincón y, desatando el bejuco con el cual estaba amarrada, dijo:

— Aquí estaré presente, doña Chepita.

Doña Chepona se compuso ligeramente la pañoleta que llevaba amarrada a la cabeza, y haciendo como si limpiaba la mesa comenzó con la "preguntadera".

— Don Juan, ¿y qué me cuenta de doña Carmelina, su vecina? ¿Es cierto que la "coscorroneó" don Cenovio anoche?

Don Juan cerró los ojos y suspiró.

— Ya empieza la confesión — dijo entre sí.

— Doña Chepona — le dijo a la mujer —, anoche me acosté temprano; caí como piedra y no supe más.

— ¡Ay! ¡Qué lástima! ¡Dicen que la pobre Carmelina sufre mucho! — exclamó la mujer descansando su cara entre las palmas de sus manos.

— Así dicen — contestó don Juan enrollando el bejuco.

— ¡Ah! Pero le cuento — exclamó doña Chepona emocionada —, fíjese que cuando se terminó el fiestón anoche en el Colonial, subieron por acá doña Goya, la hija y el que dicen que va a ser su yerno... saber Dios que pata puso ese huevo, don Juan. Pues sí. Subían la hija y el novio y los hubiera visto como de pegaditos iban; ¡parecían dos tórtolos! Don Juan, y la vieja tonta... ahm ¡perdón! Doña Goya iba detrás batallando, tratando de subir el cerrito...

— Doña Chepona, ¿y cómo fue que uste' los vio?

— ¡Ah! es que... es que... pues, por casualidad me levanté a beber un traguito de café a esa hora; oí los pasos, espié y los vi.

Don Juan meneó la cabeza y pensó:

— No por nada le dicen a esta mujer Chepona, la "juzgona".

— Y fíjese, don Juan...

— Doña Chepona, yo me voy que tengo que terminar de repartir la leña para los bollos. Discúlpeme.

— ¡Ah! Sí, don Juan. Aquí tiene uste' su dinero — dijo doña Chepona sacando unas monedas de un morral que colgaba de la pared —. Recuerde que debe venir a comer sus bollos el martes.

— ¡Cómo no! — contestó don Juan alzándose el sombrero para despedirse de doña Chepona —. Pase buen día, señora.

— ¡Adiós, don Juan! Ahí conversamos otro día.

Y sin perder más tiempo, don Juan desató a su mula y se encaminó hacia el convento de las madres Palotinas.

Ya al caer la tarde, doña Chepona había terminado con sus quehaceres. Los bollos ya estaban sobre el fuego y había terminado de hornear las tortas de harina. Después de limpiar la cocina se fue a vestir. Desde la iglesia sonó el primer repique invitando a los fieles al rosario vivo. Doña Chepona regresó a la cocina; se dirigió al fogón donde estaba la lata de bollos, quitó el trapo húmedo que los cubría y desenvolvió uno. Lo pellizcó y probándolo dijo jubilosamente — ¡Ya está! — y lo puso de vuelta en la lata. Luego, dispersó las brasas del fogón y salió de la cocina.

Mientras esperaba la última campanada, se arrimó a la ventana y vió como subían las muchachas de la congregación, Hijas de María, con sus ramos de flores. Y al pasar éstas por el farol que estaba al frente de la iglesia, los muchachos, quienes se encontraban alrededor, no vacilaban en tirarles piropos.

La noche era clara y fresca; noches así animaban a la gente a salir, especialmente si se celebraba alguna fiesta en el pueblo.

— Noches, doña Chepona — saludaban algunas señoras que bajaban por el callejón con sus hijas.

— ¡*Co'x*, Chepita! — decían otros.

— ¡Vamos! — contestaba doña Chepona.

Al oír la última campanada, cerró su casa y subió al templo. La iglesia del Carmen era un majestuoso templo de piedra que substituyó a la iglesia de barro y de guano que se encontraba en la plaza. Fue cuando llegaron las madres Palotinas al pueblo que se organizó a la gente para construir un templo de material fuerte junto al convento del párroco.

A la entrada de la iglesia, doña Chepona se encontró con su comadre Candelaria, y como era su costumbre, comenzaron a chismear mientras esperaban a que el Padre Arturo comenzara la ceremonia.

— Pues sí, comadre Chepita, ¿hizo algo pa' los angelitos?

— Ay, comadre, aunque yo esté enferma, siempre les pongo algo. Y uste', comadrita, ¿hizo algo?

— Pues no pude hacer los bollos de anís. Sólo horneé un pan de canela. He estado dando vueltas con Cornelio que no sé lo que tiene, fíjese comadre.

— ¿Sigue todavía mi compa' con la orinadera?

— Pues vea que sí, comadre, y dice que no le duele nada. Ya fue con don Emiliano y doña Meches y dicen que solamente es mal de orina. Doña Meches le dijo que hierva la pelusa del maíz morado y que beba el agua; ¡pero ya van tres días que lo hace y nada!

— ¡Ay Virgen Purísima! ¿Y qué será entonces? ¿Ya fue con don Aniceto?

— Pues sólo allí le hace falta ir, comadre. Yo creo que es...

— ¡Mire quién viene allí comadre! — interrumpió doña Chepona —. La muy doña Márgara.

— ¿La que le quema las patas a don Miguel Angel? — replicó doña Candelaria.

Subía a la iglesia una señora de mediana edad, elegantemente vestida en traje de seda azul; llevaba zapatos altos y un sombrero fino de ala ancha.

— Y ya no se quita ese sombrero que le trajo don

Miguel Angel cuando lo reclutaron pa' servir duran- te la guerra — dijo doña Candelaria.

Las dos mujeres se voltearon y se rieron maliciosa- mente; se tiraron su chal negro sobre la cabeza y se santiguaron con devoción vacía para entrar a la igle- sia.

La iglesia resplandecía de belleza. Todo el altar bri- llaba con las candelas blancas que se habían reserva- do para esta ocasión. En él reposaba la elegante ima- gen de la Santa Patrona al lado derecho del altar ma- yor. La imagen de la Virgen medía seis pies de altu- ra. Lucía un hábito café y un manto crema la cubría. Lucía, además, en la cabeza, una corona de oro con doce picos con piedras parecidas al rubí. Las piedras brillaban como luceros e iluminaban su dulce y her- moso semblante color de rosa. En los brazos de la Virgen descansaba un hermoso niño moreno de cu- yo rostro irradiaba una sonrisa tierna y sublime. So- bre su pelo rizado descansaba una hermosa corona dorada. Detrás de la imagen colgaba un tremendo ro- sario mandado a hacer especialmente para esta so- lemnidad.

La celebración se llevó a cabo con mucho respeto y devoción. La madre Reinildis con su voz chillona dirigió el Rosario; a cada Ave María que exclamaba, una de las integrantes de las Hijas de María, que habían formado un círculo alrededor de la iglesia, se acercaba al altar, se inclinaba delante de la imagen de la Virgen del Carmen y colocaba sus flores en los ja- rrones. Y al rezo del Padre Nuestro, la señorita de tur- no se dirigía al altar de San José, que estaba al lado izquierdo, se inclinaba y arreglaba sus flores. Al terminar el Rosario, los altares de la Virgen y de San José, descansaban espléndidamente entre rosas, dalias, margaritas y muchas otras flores que crecían en el pueblo. Se clausuró la ceremonia con la adoración al Santísimo y el canto del Tantum Ergo.

A la salida del templo, todos se saludaban. Mientras unos se detenían por el farol frente a la iglesia, otros caminaban, reían y hablaban. Los jóvenes, en cambio, tomaban ventaja de la claridad de la luna para ir a pasear por el pueblo y llevar serenatas.

— Qué lindo estuvo el Rosario, ¿verdad, comadre?

— ¡Ah! ¡Fue una maravilla! Lástima que Pablo se lo pierde cada año.

Eran Doña Chepona y su comadre quienes bajaban de la iglesia todavía rosario en mano.

— Noches Chepona, noches Candelaria — saludó una voz temblorosa.

— Noches, don Elodio — contestaron éstas en coro.

— Y doña Meches, ¿qué tal está?

— Pues, un poco bien, aunque no se sentía tan bien para venir al Rosario.

— Pobre Doña Meches. Mañana la paso a visitar — dijo doña Chepona —. Recuerde, don Elodio, que tiene unas velas para mí.

— ¡Ah! ¡Sí! — replicó don Elodio —. Bueno, yo sigo andando que tengo que llegar donde mi hija.

— ¡Vaya con Dios! — dijo doña Chepona al ver que don Elodio se alejaba tambaleante.

— Pobre Señor. Se preocupa mucho de la pobre

Enriqueta — se compadeció doña Candelaria.

— ¿Ya hicieron la paz ella y Fido? — le preguntó doña Chepona.

— ¡Qué va! — exclamó doña Candelaria —. ¿Se recuerda cuando uste' me contó que la vio pasar ya tarde de la noche?

— ¡Cómo no! — contestó doña Chepona agrandando los ojos —. Yo me levanté por casualidad...

— Pues, fue a esconderse al convento de las monjas — interrumpió doña Candelaria.

— No me di... ¡Ah! Claro que sí; si yo ya lo sabía. Oiga, comadre, ¿y qué hizo Fido?

— Dicen que fue y la sacó del convento.

— ¡Qué hombre, no! Dicen que es malo y delicado.

— No sabe pues, comadre Chepona, desde que vino de Escocia ya no quiere comer macal.

— ¿Y qué come, comadre?

— Pura papa comadre. ¡Fíjese uste'!

— ¡Pobre indio! Si dicen que cuando lo reclutaron pa' servir, a limpiar piso lo pusieron.

— ¡No ve comadre, unos días que esta gente sale y ya vienen con sus "babosadas"!

— Mire no más a la Gudelia, comadre Candelaria, dos días que se fue a la ciudad y vino con su bailado que le llama "la conga".

— Eso si que no lo sabía.

— Sí, si dicen que lo bailó en el Colonial la otra noche. Dicen que parecía una pirinola.

— ¡Ay! Si ya son los fines, comadre Chepona.

— Oiga comadre, supo que a la Concha de Nicolás...

Y así las dos comadres "volaron lengua" comiéndose a medio pueblo, hasta que se dieron cuenta que solamente ellas se encontraban frente a la iglesia. Y envolviéndose en su chal, se despidieron apresurándose cada una hacia su casa.

En pocos instantes el pueblo cayó en el sueño. La luna espiaba entre el ramonal y sus rayos llegaban hasta los rincones en donde bailaban las luciérnagas, y de donde brotaba el sonido agudo y monótono de los grillos.

Al tocar el Angelus, doña Candelaria ya estaba de pie. Fue a la cocina, hirvió agua, preparó la cocotina y la distribuyó en cinco jícaras, las cuales llevó a la mesa que estaba en la sala de la casa. Después, llevó el pan dulce con canela. Era la solemnidad de todos los Santos; la comida que se ponía sobre la mesa era para los angelitos. Regresó a la cocina a preparar el desayuno. Al terminar de moler el maíz con su piedra, se dirigió al cuarto a ver si ya había despertado don Cornelio, su marido. Justo cuando iba a levantar el pabellón oyó la voz de su marido que la llamaba.

— Calaya... que bueno que viniste, que no tengo ya el valor de sentirme.

— Ay, Cornelio — contestó doña Candelaria levantando el pabellón —, tal vez la Santísima Virgen se compadezca y quizás hoy no estés mojado. Anoche desde que llegué a la iglesia entré y le pedí a la Virgen que te cure.

Y diciendo así levantó cuidadosamente la colcha que le cubría la parte inferior a don Cornelio.

— ¿Y viste a la comadre Chepona?

Sí, pero solamente la saludé. A esa mujer le gusta mucho el cuento — respondió doña Candelaria, mirando fijamente a don Cornelio mientras le metía la mano entre las piernas.

— ¡Oh no! ¡Virgen Santísima! — exclamó doña Candelaria en voz baja.

Don Cornelio clavó sus ojos en la cara de su mujer y un miedo profundo se manifestó en su rostro. Le arrebató la cobija, se sentó y metió sus manos para sentir sus calzoncillos.

— ¡Maldición! ¿Qué diablos me pasa? — gritó don Cornelio jalándose sus blancos cabellos.

Era costumbre de doña Candelaria sancochar los calzoncillos en almidón y blanquearlos lo mejor posible. Esta mañana, sin embargo, la parte anterior cerca de la braqueta estaba manchada con una substancia cetrina, que sin duda era orina, ya que el olor que emanaba era rancio y fuerte.

— ¡Ya van siete mañanas con ésta! — gritó don Cornelio aporreando los puños en sus costados.

— Candelaria, ve y me traes otros calzoncillos limpios. ¡Apúrate mujer! Y me das mi desayuno que ahorita me voy a Plancha a ver a don Aniceto.

Y diciendo así, se levantó de la cama. Ya para eso, su mujer había corrido al otro cuarto donde guardaba la ropa.

Mientras tanto, doña Chepona había terminado de arreglar la comida que acostumbraba a poner sobre la mesa el primero de noviembre. La tenía cubierta con un mantel blanco; había siete jícaras con chocolate hirviendo, tres bandejas con tortas en rodajas y siete platos de barro con tres bollitos de anís en cada uno. Doña Chepona se ocupó la mayor parte de la mañana en la cocina. Había molido el maíz negro, que había remojado en agua caliente la noche anterior al llegar del rosario. Y fue ya tarde en la mañana cuando se acordó que tenía que ir a buscar sus velas negras con don Elodio; y al acordarse de velas, sus pensamientos pasaron a la noche anterior. Ya había remojado el maíz negro y estaba a punto de apagar la vela, que iluminaba pobremente la cocina, cuando oyó unos pasos que bajaban por el callejón. Doña Chepona corrió al lado de la cocina y espió entre las aberturas del *coloxche'*. Vió a un hombre que llevaba un sombrero e iba vestido elegantemente; fumaba mientras caminaba a paso lento. ¡No podía imaginarse quien era! y no podía ni dormir tratando de adivinarlo. No había habido ningún casorio y eso la atormentaba más.

Con esa incertidumbre agarró su morral, se tiró una toalla sobre la cabeza y salió hacia la casa de don Elodio quien vivía cerca del barranco.

Don Elodio estaba sentado sobre una piedra a la entrada de su casa desgranando maíz. Tres niños sacaban maíz de un costal y se lo tiraban a las gallinas que esperaban ansiosamente la lluvia de granos.

— Días don Elodio — saludó doña Chepona.

— ¡Ay! Es uste' doña Chepita. ¿En qué puedo servirle? — contestó don Elodio dejando caer la mazorca que empezaba a desgranar.

— Vine por mis velitas de cera, don Elodio. ¿Qué? ¿No se recuerda? ¿O ya me las vendió? — inquirió doña Chepona limpiándose el sudor de la frente con la punta de su toalla.

— ¡Ah! Cómo va a decir eso doña Chepita, si uste' es una clienta de años — contestó don Elodio levántandose de la piedra —. Aguarde un rato que ahorita se las traigo. ¡Maximiliano! Trae una banquita pa' que se siente doña Chepita.

Uno de los niños se dirigió a la cocina, salió con una banqueta y la colocó a la entrada enfrente de la piedra en donde siempre se sentaba su abuelo.

— ¡Gracias, hijo! — dijo doña Chepona dando un suspiro de alivio.

Don Elodio salió con un manojo de velas negras de cera y un pomo de miel.

— Es raro que no haya soplado el norte de finados todavía, ¿no, doña Chepita?

— Sí, si es un horno; pero anoche la luna tenía casa, así que ya no tardará en llegar.

— Ojalá. Aquí tiene uste' sus velas y tome también esta miel.

Doña Chepona tomó las velas y las metió al morral. Luego tomó el pomo de miel y lo escudriñó cuidadosamente como si fuera una joya preciosa. Sin duda, era de buena calidad pues era espesa.

— Ah, gracias don Elodio, parece que le fue bien con la cera este año.

— Cómo no. Vea uste', conseguí buena miel y cantidad de cera.

— Y doña Meches, ¿por dónde anda?

— Ah, ella se fue al Succotz a traer la hoja pa' el bollo. Ya se siente mejor.

— ¡Qué bueno! ¿Oiga, y estos son sus nietos?

— Sí, son hijos de Enriqueta.

— Yo sabía. Si se parecen todo a ella. ¿Y cómo está ella?

— Pues, bién — contestó don Elodio sin mucho entusiasmo —. Con un niño en brazos y un sinvergüenza de marido.

— ¿Qué Fido maltrata a Enriqueta? — preguntó doña Chepona pretendiendo no saber.

— Sí, es una espina — dijo don Elodio — desde que vino de la guerra comenzó con sus desvergüenzadas. Ya no quiere comer macal ni beber café sin leche. Y parece que anda de gallito.

— ¡Cómo va a ser! — exclamó doña Chepona.

— Yo estuve en casa de Enriqueta ya muy tarde anoche. Ella estaba solita con sus hijos y el Fido no llegaba. Fue a eso de las once de la noche que llegó el señor y bien vestido.

Fue entonces cuando la figura por el callejón se le vino a doña Chepona como un relámpago. Se inclinó hacia don Elodio y le preguntó:

— Don Elodio, ¿y cómo vestía su yerno?

— Vestía con traje de casorio.

— ¿Y no llevaba sombrero?

— ¡Cómo no!

— ¡Era él! ¡Era él! — gritó de repente doña Chepona. Sintió como si le quitaran un peso del pecho.

— ¿De qué habla uste', Chepona?

— Es que vea uste', don Elodio, que anoche por casualidad espié por mi cocina, y miré a alguien que bajaba por mi casa. Estoy segura que era Fido.

— Con que por esos rumbos andaba — dijo don Elodio dejando de desgranar la mazorca que sostenía en las manos.

— Oiga uste' — murmuró doña Chepona acercándose a don Elodio —. ¿De dónde sacó Fido dinero para sus ropas? Yo no creo que gana tan bien con don Ignacio.

Don Elodio miró sospechosamente para todos lados y después susurró :

— Oiga, doña Chepita, lo que le voy a decir no lo vaya a vomitar, ¿entiende?

— Ay, don Elodio, me ofende usted, pues bien sabe que a mí no me gustan los chismes — contestó doña Chepona mientras paraba los orejas para no perder detalle alguno.

— Me contaba Enriqueta, que el sábado, mientras Fido y otros escarbaban el terreno donde don Ignacio piensa hacer su casa, encontraron dos cajetes llenos de escudos.

— ¡Qué qué! — exclamó doña Chepona abriendo los ojos tan grandes que parecían salírsele —. Y no me diga que se los agarraron.

— No, se lo entregaron a don Ignacio. Dicen que el viejo bailaba con un pie.

— Vida no te acabes — dijo doña Chepona —. El pobre más pobre y el rico más rico. Oiga... ¿y Fido?

— Ah, Fido le contó en confianza a Enriqueta que don Ignacio le sacó trajes de todo tamaño y vistió a todos; les dio dinero y les mandó no decir nada.

Don Elodio, mirando a doña Chepona fijamente, la sentenció diciendo:

— Chepona, que tu boca sea tumba.

— Don Elodio, ya le dije que soy de confianza — replicó doña Chepona —. Bueno, aquí tiene su dinero. Yo me voy porque todavía tengo que ir con mi comadre Candelaria a conversar un ratito. Uste' sabe, no sólo de pan vive el hombre. Ah, y también tengo que ver cómo sigue mi compadre Cornelio.

— ¿Está enfermo Cornelio?

— Tiene mal de orina el pobre. Amanece mojado.

— ¡Pobre Cornelio! Las consecuencias de su mala vida. A la larga las maldades de la juventud cobran su precio.

— Bueno, gracias don Elodio. No le atraso más.

— Muy agradecido por su visita, doña Chepita.

Doña Chepona se arregló la toalla sobre la cabeza y se marchó donde su comadre.

Iban a dar las tres de la tarde cuando llegó don Cornelio a su casa. Entró a la cocina y se sentó; se quitó el sombrero y comenzó a soplarse.

— ¡Candelaria, Candelaria!

Inmediatamente se escucharon pasos que venían de la casa.

— ¡Ya viniste! Se acaba de ir la comadre Chepa.

Doña Candelaria jaló otra banqueta y se sentó.

— Fíjate que me estaba contando de Fido, el marido de la Enriqueta.

— No me cuentes nada. A esa mujer le gusta mucho el chisme. Oye, dame un poco de agua. Con este calor parece que estuvieramos en el infierno.

— No tardará en venir el norte — replicó doña Candelaria y levantándose a buscar el agua suplicó:

— Ay Cornelio, no hables tan mal de la comadre, que sólo vino a verte y al ver que no estabas, pues, me hizo compañía.

— Si lo trae por herencia, Candelaria. Si decía mi mamá que a doña Ciriaca, su madre, la raparon en San Andrés porque le encantaba el chisme. Oye, y ya deja de andar divulgando mi mal por todas las cocinas.

— Pobre la Chepona, ella está sola y no tiene a nadie. El compa' Pablo en el chicle y ni un hijo — dijo doña Candelaria mientras echaba agua del *chu'h* a una jícara. Le trajo el agua a don Cornelio, se sentó y preguntó:

— Cornelio, ¿y qué te dijo don Aniceto?

— ¡Hmm! Creí que no ibas a preguntarme —. Bebió el agua y siguió:

— Pues gracias a Dios que no me dio brebajes. Me cortó las barajas y me dijo que es "mal hecho".

— ¡Señor de Esquipulas! — exclamó doña Candelaria apretándose la cabeza con sus manos —. ¡Bien decía yo! ¿Y qué debes hacer?

— Me dijo que vele esta noche.

— Y eso, ¿de qué va a servir?

— Debo pretender dormir, y estar con el ojo al Cristo, y muy alerta.

— ¿Y solamente eso? — preguntó doña Candelaria que se había levantado y se paseaba por toda la cocina.

— Pues sí — contestó don Cornelio.

Después de unos minutos de silencio, doña Candelaria se sentó de nuevo y preguntó:

— ¿Miraste a los compadres allá en Plancha?

— Sí, y me invitaron a almorzar — respondió don Cornelio —. ¡Vieras cómo ha crecido Evaristo!

Don Cornelio se levantó y siguió:

— Bueno, yo me voy a descansar. Me siento tan cansado como una bestia de carga.

Se encaminó a la puerta y de pronto se detuvo.

— ¡Ah! — dijo —, se me olvidaba, me dijo don Aniceto que al guardar vela esta noche que esconda un cuchillo bien filoso.

Y dejando a su mujer con el rostro tan aterrorizado como si acabara de ver a un aparecido, don Cornelio se dio la vuelta y entró a la casa.

La noche cubrió con su manto al pueblo entero; la majestuosa luna llena acariciaba los alrededores con su tierno resplandor. Había sido una noche de paseo, de risas, de chismes, de comida para los niños quienes iban de cocina en cocina comiendo bollos y bebiendo cocotina, y el pueblo había caído en su letargo más tarde de lo acostumbrado. Inundaban el aire los ruidos nocturnos. Pero mientras avanzaba la noche, un aire frío comenzó a soplar trayendo consigo una neblina fina, que se deslizaba entre los árboles abrazando el pueblo entero. De pronto, comenzó a lloviznar.

Doña Chepona levantó la cabeza al escuchar la llovizna que caía sobre la palma del techo. — ¡Aja! — dijo entre sí —. Bien dije que no tardaría en llegar el norte de finados.

Siguió pelando el *xpelón*. Y mientras rajaba las vainas para sacar las simientes, hacía una lista mental sobre lo que habría de poner en la mesa para los difuntos. — Vamos a ver — pensó doña Chepona juntando la cáscara verde a un lado —, bollos, el *xpa'sha'*, tengo *chí* curtido, conserva de ayote y creo que voy a hacer un poquito de leche crema. ¡Ah! Y caldo de gallina, a mi mamacita le gustaba el caldo de gallina. Mañana le voy a recordar a mi comadre Tencha y a doña Concha que deben venir a rezar. Mañana sí será un día de mucho trabajo.

Y sintiendo lo helado de la noche, doña Chepona se tiró una toalla sobre la espalda.

El aire soplaba sin cesar rasguñando el guano de la casa.

— Está fuerte el vientecito — exclamó —, ya ha de ser pasada la medianoche. Esos niños se fueron ya tarde y casi me dejan con la lata de bollos vacía.

Terminó de pelar las vainas de frijol; se levantó y puso la olla de *xpelón* sobre la mesa. Doña Chepona tenía en la pequeña sala una mesa larga pegada a la pared. En los extremos de la mesa habían dos asientos. En la pared, sobre la mesa, colgaba un cuadro descolorido de San Antonio, reliquia que la abuela de doña Chepona, doña Pascuala, veneraba. Cerca de la mesa estaba la salida a la cocina. Del otro lado de la sala había una puerta que daba al callejón y una ventana de una sola hoja con una cruz de palma bendita clavada.

— Bueno, mañana me levanto tempranito y lavo este frijol — siguió. Y recordándose de sus visitas pensó:

— Muy interesante lo que me contó don Elodio de Fido y don Ignacio... que suerte la de ese viejo, la vida le sonríe.

Estaba a punto de apagar la lámpara cuando un murmuro lejano de voces la hizo detenerse. Cerró los ojos y trató de concentrarse para verificar si en verdad oía algo. ¡Sí eran voces! Y parecían cada vez más y más cerca. Era un susurro indistinguible.

Doña Chepona se dirigió de puntillas hacia la cocina desde donde podía espiar entre las rendijas sin ser vista. Y mientras se hacía camino entre la oscuridad tropezando con las banquetas, se oyó el chirrido de los pesados portones de la iglesia que se abrían. — ¡Ah! — exclamó al ubicarse en el sitio donde tenía por seguro que la vista era amplia. — Esto no me lo pierdo — dijo entre sí. Lo helado de la noche se escurría entre los palos de *coloxche'* que componían el tumbadillo. Cada vez las voces se oían más cerca y más fuerte. Entre la niebla fina que flotaba en los alrededores, doña Chepona pudo observar las siluetas de una muchedumbre que subía a paso lento y entraba a la iglesia. Vio el parpadeo de luces que sin duda eran velas que

cargaban. Y mientras las figuras entraban a la iglesia, el canto llano de las voces se perdía entre los muros del interior del templo. Las puertas se cerraron y reinó el silencio. Doña Chepona se extrañó al ver que todo quedó a oscuras y en un silencio sepulcral. — ¿Será algún entierro? — se preguntó —, pero no puede ser, no llevan ningun féretro...

Luego se pusó de pie y pensó: — O será un nuevo rito, invento del Padre Arturo. Hmmm, tengo que ver de qué se trata esto. Chepona Maradiaga no se queda con las ganas.

Regresó de nuevo a su salita, bajó la luz de la lámpara y suspiró. Los minutos parecían horas. Llena de ansiedad comenzó a pasearse por todo el cuarto. A menudo se detenía y se pegaba a la ventana que daba al callejón, para ver si oía algo. Ya al borde de la desesperación decidió abrir la ventana. No había nada. La neblina era ya más densa y la fuerte llovizna se regaba a trechos por las ráfagas de aire que soplaban. El silbido del aire húmedo y frío se hacía oír entre los grandes árboles de ramón, pino y palma real cuyas sombras formaban grotescas figuras en la oscuridad. Los aullidos lejanos de perros callejeros vibraban en los aires. Doña Chepona cerró su ventana y comenzó a pasearse por toda la habitación. — Hasta me dan ganas de subir a la iglesia — pensó desesperada y, sintiendo un calor por todo el cuerpo, se quitó la toalla.

De repente, el chillido de las bisagras de las pesadas puertas y el ruido que éstas hacían al raspar con el piso de concreto, se hicieron oír de nuevo. La muchedumbre que doña Chepona ansiaba ver estaba por salir. Corrió a la ventana y la entreabrió nuevamente. Las figuras salían de la iglesia con sus parpadeantes lucecitas y conforme salían, su canto fúnebre se hacía más y más fuerte. Doña Chepona forzaba la mirada para apreciar bien lo que veía y poco a poco abría su ventana más y más. Al salir la última figura de la iglesia, las puertas se cerraron de nuevo.

— Si se van recto, es que van al cementerio — pensó doña Chepona. Pero para su asombro la procesión daba la vuelta para subir por el callejón. — ¡Vienen para acá! ¡Qué suerte tengo! — pensó. Se restregó los ojos y los abrió lo más que pudo. Las figuras se aproximaban. Doña Chepona respiraba hondamente mientras tomaba nota de cada detalle que alcanzaba a ver. La procesión avanzaba lentamente; daba la impresión que era algo muy solemne. Se aproximaba en dos filas y, aunque las voces se escuchaban claramente su canto era monótono e indistinguible. Cuando la procesión comenzó a pasar frente a su casa, doña Chepona se dio cuenta que aquello no era un entierro. Sin embargo, en los alrededores flotaba la sensación lúgubre, típica de cuando hay funerales. Todas las personas vestían igual; estaban envueltas de blanco de pies a cabeza y doña Chepona no alcanzaba a verles el rostro. A pesar de la fuerte llovizna y el aire que soplaba, las velas que sostenían no se apagaban; todo lo contrario, las lenguas de fuego de las mechas parecían arder con más vigor. Y más raro aún, lo que se oía era más que un rezo; era algo así como murmuros melancólicos y gemidos profundos que parecían venir desde ultratumba. — Parecen ánimas en pena — pensó doña Chepona sintiendo un escalofrío que le subía por la espalda. Pensó en cerrar la ventana pero su curiosidad de seguir viendo era mucho más fuerte.

De pronto notó que una de las figuras se desprendía del resto del grupo para dirigirse hacia la ventana donde ella espiaba. — ¡Virgen Santísima! — exclamó doña Chepona —. ¡Esto no es nada bueno!

Una ráfaga de viento sopló poniéndole los pelos de punta y antes que pensara qué hacer, doña Chepona, ya petrificada, vio como la figura alta y blanca se acercaba. Parecía flotar en el aire. Doña Chepona no lograba verle ni los pies ni la cara. Parte de la vestidura blanca le cubría el rostro, y la parte descubierta se veía muy borrosa. El terror que la invadió la dejó pesada como un tronco. Ya frente a frente, el espectro extendió la mano con la que sujetaba una vela; era una mano delgada, venosa y pálida con los dedos enjutos la que hizo entrega de la candela larga y gruesa. Mientras le entregaba la vela el espectro dijo con una voz muy tenebrosa:

— Tome. Guárdemela, que mañana, a la misma hora vengo a recogerla.

Y así como se había desprendido, así se unió la figura nuevamente a la procesión que seguía su macabro camino. Doña Chepona bajó sus ojos aterrorizados hacia la vela que apretaba con las dos manos. De pronto, se le nubló la vista y perdió el conocimiento.

Cuando doña Chepona abrió los ojos no sabía si habían pasado horas o minutos; yacía en el suelo. Había vuelto en sí por las gotas de agua que entraban por la ventana y que le caían sobre la cara. La hoja de la ventana se abría y se cerraba por las ráfagas de aire que soplaban. Doña Chepona temblaba. Sentía un miedo aterrador; recordó como de fría y pesada había quedado después del encuentro con aquel espectro. De pronto, se acordó de la vela. Volteó la cara y alcanzó a verla; estaba tirada a un lado. Doña Chepona sentía que en cualquier momento la iban a espiar por la ventana; y con grandes esfuerzos logró ponerse de pie para poder cerrarla. Su corazón latía pesadamente y sentía que su cabeza le daba vueltas. Miró nuevamente hacia la vela, se le acercó y cuidadosamente la levantó. Era de cera, blanca, mucho más gruesa que las que ponían en el altar mayor de la iglesia y la gran mecha estaba hecha de un material grueso. Fue a su cuarto y la metió cuidadosamente en el cofre donde guardaba sus reliquias; luego cogió la lámpara y la puso en la mesita a la par, se tiró una colcha encima, tomó su rosario y se puso a rezar.

Los primeros rayos del sol y el canto de los gallos sorprendieron a doña Chepona con los ojos pelados. No había podido dormir. Hubo un momento en que creyó ver la figura blanca entrando al cuarto con la vela en una mano, mientras que con la otra la agarraba para obligarla a salir. Era tan real que doña Chepona lanzó un grito sólo para darse cuenta que no había nadie en el cuarto: había sido solamente una pesadilla.

Doña Chepona se levantó, dobló su cobija, buscó una toalla y se la tiró a la espalda. Abrió la ventana del cuarto y suspiró hondamente y, con el suspiro, sus pensamientos pasaron a la vela que se encontraba en el cofre. Inmediatamente, se dirigió a éste retorciendo las manos.

— ¡O Dios mío! — suplicó en voz baja —. Ojalá que todo haya sido sólo una pesadilla.

Se agachó y comenzó a levantar la pesada tapa del cofre sin atreverse a ver; metió la mano y tentó, pero no sintió la lisa superficie de la vela sino que algo morroñoso y frío.

— ¿Qué será esto? No puede ser la vela — pensó doña Chepona. Y poco a poco lo fue levantando; ya en la luz no podía dar crédito a lo que veía. Y tirando lo que había sido una vela unas horas antes, soltó un grito de terror. Yacía en el suelo un gran hueso humano quebrado por los dos extremos. Doña Chepona no lo pensó más; jaló una vieja toalla y levantó el hueso con ella para correr, como nunca lo había hecho, hacia la casa parroquial.

— ¡Padre Arturo! ¡Padre Arturo! — gritaba doña Chepona mientras golpeaba fuertemente la puerta de la residencia del párroco.

— ¡Padre Arturo! ¡Abrame, por favor! — seguía. De pronto, se oyeron unos pesados pasos que se aproximaban. Luego, se oyó claramente como alguien da-

ba vuelta a la llave. La puerta se abrió y apareció el cura. Era un hombre alto y blanco. Tenía una barba blanca y larga y vestía una sotana negra.

— ¡Hija! — exclamó mirando a la afligida doña Chepona —, que tanto apuro, ¿y qué haces tan temprano fuera de tu casa? ¿Acaso quieres tirarme la puerta?

Doña Chepona estaba muy pálida y parecía estar al borde de un ataque de nervios.

— Padre — dijo echándose a llorar —, ayúdeme que creo que estoy volviéndome loca.

Mirando la angustia de la histérica mujer, el Padre Arturo le rogó que pasara a su oficina.

Y ya un poco más calmada, doña Chepona comenzó a relatarle el extraño suceso de la noche anterior.

— ¿Y qué hacías tú levantada a esa hora, hija? — preguntó el Padre Arturo.

— Padre, yo... yo acababa de pelar el *xpelón* para mis bollos e iba a acostarme cuando oí unas voces y luego chillaron las bisagras de las puertas de la iglesia. A mí me pareció extraño y me dieron ganas de ver. ¿No haría uste' lo mismo, padre?

— Pues yo creo que sí — contestó el padre Arturo juntando las manos.

— Y vi una muchedumbre — siguió doña Chepona — que subía a la iglesia. Y cuando todos entraron se cerraron las puertas de nuevo y todo quedó en silencio.

— Hija — interrumpió el padre Arturo — ¿no sería tu imaginación?

— No lo fue — contestó doña Chepona seriamente y desenvolviendo el largo fardo que había puesto sobre el escritorio del cura dijo:

— Esto es prueba de que lo que vi es cierto; que me parta un rayo, padre, si no es verdad.

Y con ojos llenos de asombro y perplejidad, el padre Arturo cogió el largo hueso entre sus manos. En la luz se podía ver que el hueso tenía manchas rojizas y una substancia seca que lo hacía morroñoso y emanaba un leve olor de putrefacción similar al olor de sangre cuajada.

— Si no me equivoco — dijo el padre Arturo —, esto es la parte del húmero de un cuerpo humano. ¿A qué viene esto, Chepona?

— Padre — respondió doña Chepona bajando el rostro —, después que la muchedumbre entró a la iglesia, yo me quedé despierta para ver si bajaban. Luego oí el chillado de las puertas nuevamente y abrí la ventana de mi casa y miré como bajaba la procesión. Pensé que subirían al cementerio pero doblaron por el callejón.

Doña Chepona se detuvo y se limpió las lágrimas que comenzaban a chorrearle por la mejilla y siguió hablando.

— Y fue cuando pasaba la procesión por mi casa que miré que no era nada bueno pero ya era demasiado tarde. Fue muy de repente cuando me encontré frente a frente con un espectro en ropas blancas y me entregó una vela encendida.

— ¿Y entonces? ¿Este hueso? — preguntó el cura.

— La cosa me habló — dijo doña Chepona — y

me dijo que regresaría a la madrugada siguiente para recogerla. ¡Padre, sin duda va a llevarme a mí también!

Y apretándose la cabeza entre las manos doña Chepona se puso histérica y comenzó a llorar. El padre Arturo que todavía sostenía en sus manos el hueso lo asentó y se levantó a calmar a la desamparada mujer. La abrazó y trató de consolarla diciéndole: — Hija, no temas que Dios no te abandonará. Tienes que ser fuerte. Vamos a la cocina que necesitas tomar algo y luego me sigues contando.

Doña Chepona pareció calmarse; el padre Arturo la ayudó a levantarse y ambos se dirigieron a la cocina.

— Y hoy que me levanté, padre, no era vela sino ese hueso — continuó doña Chepona mientras contemplaba su café caliente.

— ¡Dios santo! Cuéntame Chepona, y, ¿cómo eran las personas?

— No reconocí a nadie; ni siquiera distinguí quien era hombre o mujer. Todos vestían de blanco y los rostros se veían borrosos y, a pesar de que lloviznaba, sus velas no se apagaban.

— ¿Y qué decían?

— No sé padre. Era algo así como un rezo cantado con tristeza, y, por ratos, se oían gemidos. Le digo, padre Arturo, que es horrible ver a las almas del purgatorio penando entre los mortales.

— Hija, quiero que hagas confesión general de tus pecados; vamos al confesionario.

— Sí padre, lo que uste' mande.

Doña Chepona se levantó de la silla, recogió la taza de la que había bebido solamente dos a tres sorbos y la dejó en el lavaplatos.

— Señor mío Jesucristo, Dios y hombre verdadero, me confieso... — Muy devotamente doña Chepona se preparaba para la Confesión. Y después de absolverla, el padre Arturo le dictó la penitencia que debía hacer.

— Ve y rezas el rosario meditando en los misterios dolorosos. Debes de asistir a la santa misa por nueve días, excluyendo el día de hoy, práctica que sería mejor que adoptaras de vez en cuando. También quiero que comienzes hoy el novenario a las almas del purgatorio. Te hago recomendación de muchas cosas — siguió el padre Arturo mientras la mujer oía atentamente del otro lado de la cortina blanca del confesionario.

— No cabe duda que tú, hija mía, has visto a las ánimas en pena y tal vez esto te sirva de lección. Estas almas necesitan mucha oración y si no estás preparada es probable que algo te pase esta noche.

Doña Chepona tembló al oír esto pero no dijo nada.

— Escucha bien lo que debes hacer — prosiguió el cura —. Después de rezar el rosario, ve por el pueblo y busca una criatura de seis meses. La envuelves de blanco y cuando se acerquen las ánimas en la madrugada ponle al niño el hueso o la vela en la mano para que lo entregue. Chepona, tú no debes enseñar la cara. Y luego cierra la ventana sin perder tiempo. ¿Todo está claro?

— Sí, padre — contestó doña Chepona.

— Oye, ¿puedes conseguir que una o dos personas te acompañen esta noche para rezar?

— Sí padre, ya le había pedido a mi comadre Tencha y a doña Concha.

— Muy bien. Vamos a la sacristía que voy a cuerearte con el cordón bendito y a exorcizarte.

Doña Chepona se santiguó y salió del confesionario. Ya en la sacristía esperó al padre quien entró y se quitó la estola. Luego abrió el armario que estaba a un lado y sacó un cordón blanco que medía como un metro de largo. Lo dobló en dos y comenzó a cuerear levemente a doña Chepona. Después le puso las manos sobre los hombros y comenzó a rezarle la oración del exorcismo de San Miguel Arcángel.

Terminando de rezar su rosario de penitencia, doña Chepona bajó rumbo a su casa; iba un poco más calmada. Llevaba consigo el hueso bien envuelto que había sido bendecido por el padre Arturo. Lo puso de nuevo en el cofre y salió apresuradamente en busca del niño.

Ya era casi mediodía. En todas las cocinas en donde doña Chepona iba contando lo que le había pasado, todas se encontraban trabajando preparándose para la venida de los finados. Mientras unas molían por segunda vez el maíz negro para el *xpa'sha'*, otras ya estaban cociendo el maíz. Otras preparaban sus dulces y las comidas favoritas de sus parientes difuntos, mientras se cocinaba la masa para los bollos. Al relatar su historia algunos se reían de doña Chepona y otros se compadecían, pero nadie podía ayudarla. Ya poco después del mediodía, doña Chepona sentía que no podía seguir. Se sentía muy débil y una gran ansiedad comenzó a apoderarse de ella. Decidió, pues, buscar auxilio con su comadre Candelaria.

— Cornelio, ¿ya viniste? — preguntó doña Candelaria al oír que alguien entraba a la cocina. Pero al ver a su comadre con su evidente aflicción y un rostro completamente decaído dejó de moler y jaló una banqueta.

— Pero, comadre, ¿qué le pasa? Venga, siéntese.

Doña Chepona se sentó y comenzó a llorar. Se sopló la nariz con su toalla y comenzó a contarle a su comadre todo lo sucedido, mientras ésta escuchaba boquiabierta.

— ¡Virgen Dolorosa! — exclamó doña Candelaria al terminar su comadre —. ¿Y ya encontró uste' al niño?

— No comadre — contestó doña Chepona con desesperación —. Eso es lo que más me preocupa. Ya fui con la Carlota, con doña Eugenia, con la Chonita y la Pancrasia y nada.

— ¿Y tiene que ser de seis meses?

— Pues así me dijo el padre Arturo.

— Comadre, ¿y qué dijo la Pancrasia? Si no me equivoco su niño nació en mayo.

— Sí, ella me dijo que su hijo tiene seis meses. Pero dijo que no puede hacer nada sin el consentimiento de Toribio que está en el chicle.

— ¡Qué desgraciada mujer! — replicó doña Candelaria —. Oiga, comadrita, uste' no se preocupe. Cornelio va a llegar en cualquier momentito y vamos a ver quién más habrá que tenga un niño. Tenga por seguro que lo conseguiremos. Ande, ahora le voy a sacar un caldito para que tome.

— No comadre — dijo doña Chepona un poco más calmada con las palabras alentadoras de su comadre —. Yo sólo le tomo un traguito de café.

— Pues, aunque sea — contestó doña Candelaria sonriéndose.

— ¿Oiga comadre Candelaria, y mi compadre?

— Ay, comadre, — suspiró doña Candelaria —. Fíjese que anoche fue la noche de los mil diablos, ¡qué Dios me perdone! — y diciendo esto se persignó rápidamente —. Aquí tenemos problemas también, comadre.

— ¿Y qué pasa? — inquirió doña Chepona curiosamente.

— Uste' sabe que Cornelio fue ayer a ver a don Aniceto. Al rato que uste' se fue, llegó él y me dijo que le había dicho que lo del orín es "mal hecho".

— ¡Ave María Purísima! — exclamó doña Chepona.

— Pues sí... — siguió doña Candelaria echando un poco de café de la olla a una jícara —, fíjese que don Aniceto le dió instrucciones a Cornelio de mantenerse en vela con un cuchillo.

— ¿Y pa' qué comadre?

— Pues yo no sabía — respondió doña Candelaria —. Ya al llegar la noche, Cornelio se acostó y escondió su cuchillo debajo de la almohada. Yo, comadre, me acosté en la hamaca y caí como un caldero. Y lo que me despertó fue el chillido de un animal.

— ¡Santo Dios! — exclamó doña Chepona.

— Comadre, cuando yo me levanté y corrí hacia la cama de Cornelio, un animal negro y peludo se deslizó entre mis pies.

— Comadre, ¿y qué era?

— Vea uste', comadre Chepona. Yo pegué el grito y salté a la cama de Cornelio. Levanté el pabellón y miré a Cornelio con una cara como si hubiera visto al mismo diablo. En la mano derecha tenía el cuchillo que brillaba de sangre a la luz de la vela y en la otra mano sostenía una oreja de gato. ¡Comadre, fue terrible!

— Señor mío, anoche sí que fue noche pesada, comadre Candelaria.

— Después de cambiar las sábanas de la cama, Cornelio comenzó a contarme como, entre las sombras del cuarto, apareció un gato negro, saltó a su cama y se metió debajo del pabellón. Dice Cornelio que él sentía como el animal caminaba suavemente sobre sus piernas. Y luego sintió como se metió debajo de la colcha. Cuando él quiso sacar el cuchillo sintió que el gato le mordía la bragueta.

— ¡Jesús Sacramentado! — exclamó doña Chepona mientras miraba fijamente a doña Candelaria.

— Cornelio logró agarrar al gato del pescuezo y le voló una oreja con el cuchillo.

— ¿Y por qué no lo mató?

— Pues, no sé. Pero lo más horrible fue que hoy por la mañana la oreja no era de gato sino que de mujer.

— ¡Cómo va ser! Es igualito como me pasó a mí con la vela, comadre. ¿Y qué hicieron con la oreja?

— Pues, Cornelio se fue muy temprano esta mañana a pedir consejo a don Aniceto en Plancha y a eso de las once pasó por acá, tomó un poco de agua y me dijo que tenía que ir a Succotz.

— ¿A Succotz? ¿Y a qué iba mi compa' allá?

— No sé comadre. Iba muy de prisa y estaba muy agitado.

— ¿Y llevaba la oreja?

— No me di cuenta, comadre Chepa.

Fue en esos precisos momentos cuando se oyeron unos pesados pasos que cruzaban por el cerco.

— ¿Será Cornelio? — preguntó Doña Candelaria; y levantándose gritó:

— ¡Cornelio! ¡Cornelio!

— ¡Ay! Aquí estoy mujer — contestó don Cornelio desde afuera. Doña Candelaria corrió hacia la puerta a encontrar a su marido. Don Cornelio se había detenido en la entrada para limpiarse el lodo de las botas.

— Dime, ¿qué pasó? — preguntó con ansiedad doña Candelaria.

Don Cornelio no contestó; entró a la cocina y se encontró con la comadre Chepona cabizbaja.

— ¡Ah! Es uste' comadrita.

— Muy buenas tardes, compadre.

— ¡Cuéntanos qué pasó! — dijo doña Candelaria jalando su banqueta para que su marido se sentara.

— Ya, gracias a Dios, todo pasó — dijo don Cornelio mientras se sentaba.

— Supongo que ya se lo contaste todo a la comadre Chepita.

— ¡Ah, sí! — contestó doña Candelaria.

— ¡Comadre, si era una oreja así de grande! — exclamó don Cornelio abriendo el dedo menique y el pulgar para enseñalarle a doña Chepona el tamaño de la oreja.

— Pues fíjese, que me fui con don Aniceto muy temprano y al llegar le conté todo y me dio instrucciones de ir con... con...

— ¿Con quién, Cornelio?

—... pues con la Policarpia Co'h.

— ¿Qué? — exclamó doña Candelaria —. ¿Aquella vejestoria con quien te ibas a casar? ¿Y a qué diablos viene que ese viejo Aniceto te haya mandado con ese espantapájaros?

— ¡Calla, mujer! — ordenó don Cornelio —. Al llegar a su casa comenzé a tocar y a tocar a la puerta, pero nadie contestaba. Después, empujé la puerta y me di cuenta que no tenía tranca. Y fíjense ustedes, ya adentro estaba la Policarpia sentada frente al fogón. Tenía la cabeza inclinada y las manos las tenía enganchadas sobre la nuca. La llamé y no me hizo caso. Comenzé a acercarme, poco a poco, y miré que tenía un pañuelo amarrado alrededor de la cabeza cubriéndole el lado derecho, tapándole la oreja.

— Dios mío... Dios mío... será... — interrumpió doña Chepona.

— De pronto, la Policarpia levantó la cara, pareció sorprenderse y luego me preguntó qué hacía yo en su casa. Parecía estar en gran dolor. Yo solamente le pregunté si estaba enferma y me contestó que tenía un terrible dolor de cabeza. De repente, sentí el impulso de arrancarle el pañuelo y, antes de que ella se levantara, me acerqué y le arrebaté la venda. ¡Ay! Hubieran visto ustedes.

— No me digas que no tenía... — dijo doña Candelaria.

— La sangre comenzó a chorrear — dijo don Cornelio cerrando los ojos. Apretó la boca y luego siguió:

— La Policarpia no tenía oreja. Y tuve tiempo de fijarme que su otra oreja tenía un arete igualito al que tenía la oreja esta mañana.

— ¿Largo, de oro y con una bolita en la punta? — preguntó doña Candelaria.

— ¡Sí, igualito! — contestó don Cornelio.

— ¿Y qué hizo la Policarpia, compa'? — preguntó doña Chepona.

— Comenzó a maldecirme mientras se apretaba la herida con otro pañuelo que encontró. Yo solamente le grité con el poquito de valor que me quedaba que la próxima vez le quitaría la cabeza; me salí y la dejé llorando.

— Dios Bendito — exclamó doña Candelaria —, ¿y la oreja? ¿Qué hiciste con la oreja?

— Don Aniceto se quedó con ella; dijo que la pondría en un pomo con vinagre.

— ¡Qué Dios nos ampare y nos favorezca! — exclamó doña Chepona persignándose.

Doña Chepona parecía haberse olvidado de la situación en que ella se encontraba, ya que al no encontrar a un niño antes del anochecer, sabía que tendría que atenerse a las consecuencias.

— Bueno, yo ya estoy más conforme — suspiró don Cornelio —. Oiga, comadrita, ¿qué le pasa que la veo muy triste?

Y, acordándose de su propia realidad, doña Chepona se puso a temblar. Entre suspiros y tartamudeos empezó a relatarle a su compadre la pesadilla que le había tocado vivir la noche anterior.

— Sea realidad o imaginación, es muy buena lección para que esta mujer deje de "juzgar" — pensó don Cornelio ya cuando su comadre terminaba su relato. Pero viendo la aflicción y el miedo que la dominaba, don Cornelio se compadeció de ella. — Vamos, comadrita. No se preocupe que ahorita comemos algo y salimos a rastrear niños. Todo tiene solución menos la muerte.

Al oír la palabra "muerte", doña Chepona sintió como si le echaban un balde de agua fría; miró a su comadre con aire de pánico; posiblemente la muerte se la llevaría la noche siguiente.

Toda la tarde, doña Chepona y sus compadres se la pasaron de cocina en cocina suplicando ayuda, pero todo fue en vano. Doña Chepona estaba que se moría de la desesperación. Para entonces, la gente del pueblo estaba ya preparando sus mesas para poner las ofrendas y comenzar a rezar. El Angelus de las seis de la tarde agarró a los tres compadres en la cocina de Doña Antonia. Esta les dijo que con gusto los ayudaba, pero que su hijo tenía fiebre. Dándole las gracias siguieron la búsqueda cuando ya empezaba a caer la noche. Doña Chepona se ponía como un manojo de nervios y sentía que ya la perseguían. Volteaba a ver a todos con desconfianza y en una de tantas les dijo a sus compadres que no seguiría porque ya no podía más. Doña Candelaria tuvo que alentarla para seguir adelante, y desesperada, siguió, aferrada del brazo de su comadre.

Por todo el pueblo se sabía que doña Chepona había visto a las ánimas ya que el chisme corrió de cocina en cocina. La mayoría de la gente lo tomaba como broma y otros pensaban que de ser cierto, bien merecido lo tenía la Chepona, la "juzgona".

Los habitantes del pueblo ya comenzaban con sus rezos frente a las mesas llenas de comida e iluminadas por las velas negras puestas a su alrededor.

Conforme pasaban los minutos, el cielo se nublaba más y más. El aire soplaba más fuerte y más helado y las tres figuras que caminaban apresuradamente por los callejones, se encogían. Las voces de las rezadoras vibraban por todos lados, encendiendo más la angustia de doña Chepona. Sus compadres le habían sugerido que durmiera con ellos, pero ella les dijo que estaba segura que no serviría de nada; su destino estaba escrito, a menos que...

Al ver que no podían encontrar ayuda en el pueblo, don Cornelio había sugerido ir al Succotz. Iban por el barranco cuando doña Chepona se acordó de Enriqueta, hija de don Elodio, quien vivía en su rancho al otro lado del arroyo. Se apresuraron los tres hacia la casa de ésta encontrándola regando cenizas alrededor de un mesa repleta de ricos manjares. Enriqueta se mostró muy amable al principio, pero, después de haber escuchado con toda atención la extraña historia de doña Chepona, empezó a ponerse un poco más hostil. Sin embargo, después de muchas súplicas, Enriqueta aceptó ayudar a doña Chepona prestándole a su hijito, Claudio Homero, de seis meses de edad, para hacer entrega de la vela a la "cosa" de quien doña Chepona hablaba con miedo aterrador. — Está bien, pero yo tengo que acompañar a mi hijo — dijo Enriqueta seriamente.

— Lo que tú digas, hija mía — dijo agradecida doña Chepona. Se acercó a Enriqueta y la abrazó.

— Bueno — dijo Enriqueta —, cuando regrese termino mis rezos.

Sopló las velas negras que había encendido minutos antes de la llegada de la inesperada visita y se preparó para salir.

Todos se dirigieron apresuradamente a la casa de doña Chepona. Enriqueta llevaba al niño bien cubierto por el aire que soplaba. Por las cocinas se veían a los niños con sus calaveras echas de toronja y con una vela al medio.

— ¡*Xpa'sha'* pa' la calavera, el que no me da le da "cagalera"! — gritaban. Al llegar a la casa, los compadres y Enriqueta se encontraron con doña Tencha y doña Concha quienes esperaban a doña Chepona para rezar. Se saludaron todos y entraron a la casa. Doña Concha se dirigió a doña Chepona diciéndole:

— Doña Chepona, sabemos la seriedad de todo lo que le ha pasado y con gusto vinimos a hacerle compañía.

— ¡Gracias! ¡Gracias! — respondió doña Chepona —. Miren ustedes que no tuve ni tiempo para preparar algo decente para los difuntos. Si supieran como me he sentido este día. He andado como el judío errante.

— Pues no hay tiempo que perder — replicó doña Candelaria —. Saque lo que tenga comadre y empecemos con los rezos.

Sacaron cinco tazas con nance curtido y cinco con conserva de ayote que doña Chepona había preparado días antes. Después pegaron las velas alrededor de la mesa. Doña Tencha fue al fogón y cogió un puñado de cenizas y lo regó alrededor de la mesa en donde había colocado todos los dulces; y, con las velas encendidas, comenzaron el novenario a las almas benditas del purgatorio.

Al paso del tiempo y con el rezo monótono, el niñito se fue durmiendo. Enriqueta lo comenzó a arrullar, se levantó de la banqueta y le dijo a doña Chepona:

— ¿Puedo acostar al niño?

— ¿Ya se durmió?

— Sí.

— Pues, vamos. Pero no vayas a dejarlo solo.

— ¡Ay no doña Chepa!

Las dos mujeres se dirigieron al cuarto y encendieron la lámpara que estaba sobre la mesita. Claudio Homero estaba bien envueltito en ropas y cobijas blancas.

— Cuando llegue la hora lo despierto — dijo la madre.

En eso se oyeron las primeras gotas de agua que caían sobre la cubierta de guano.

— ¡Ave María Purísima! — exclamó doña Chepona tronando los dedos —. Ya empieza la llovizna. ¡Enriqueta, ¡ya se acerca la hora!

— Cálmese, doña Chepona. Aquí estamos nosotros. Vaya con los demás; yo me quedo con el niño. Vaya uste', que con la oración nada le puede pasar.

Doña Chepona se unió al rezo. Para entonces ya eran las once y media de la noche. La llovizna parecía más fuerte y el aire silbaba entre los matorrales. Hacía ratos que se había dejado de oír el griterío de los niños con sus calaveras. Al terminar de rezar, todos quedaron viéndose unos a otros. Solamente se oía el viento que soplaba trayendo consigo la incesante llovizna. Doña Chepona comenzó a pasearse por toda la casa. Se frotaba las manos y miraba a todos con profunda angustia.

— Perdone, comadrita — dijo don Cornelio después de un rato —, pero yo no he podido concentrarme en el rezo ya que tengo curiosidad de ver el hueso que uste' dice.

Al oír a don Cornelio hablar, todos murmuraron:

— Es cierto, déjenos ver el hueso.

— ¡Ah! ¡Sí! — contestó doña Chepona nerviosa—. Ya la hora está más cerca, voy por él.

Entró a su cuarto calladamente y abrió el cofre. Metió la mano y levantó la toalla en la que había envuelto el hueso. Enriqueta se había recostado cerca del niño y, al oír entrar a doña Chepona, se levantó y salió junto con ella. Doña Chepona se dirigió hacia la mesa donde estaban las conservas y comenzó a abrir el bulto. Todos se amontonaron curiosamente alrededor de ella y suspiraron al ver lo que ésta había desenvuelto.

— ¡Ay! ¡No! — gritó doña Chepona tirándose en brazos de doña Tencha. Comenzó a gritar histéricamente mientras se aferraba de la señora. Y entre los gritos de desesperación, se oyó la voz temblorosa de doña Candelaria.

— ¡Sí es una vela!

— Nunca había visto una tan galana — dijo don Cornelio levantando la vela.

Y a como la vela pasaba de mano en mano todos la escrudiñaban como si estuvieran observando algo de otro mundo.

— Bueno, y que...

Doña Candelaria estaba por preguntar lo que todos deseaban saber, pero fue precisamente en esos momentos cuando se oyó el chirriar de los portones de la iglesia.

— ¿Oyeron eso? — preguntó don Cornelio sin pestañar.

— ¡Ya vienen! ¡Ya vienen! — gritó doña Chepona levantándose del banco donde la había sentado doña Tencha. Doña Chepona estaba en un solo temblor y miraba horrorizada hacia la ventana. Don Cornelio la abrazó y mandó a doña Candelaria a hacer un poco de café.

— Comadre — dijo firmemente —. Uste' tiene que ser muy fuerte. Contrólese. Haga lo que le dijo el Padre Arturo y todo va a salir bien. Aquí estamos todos nosotros, y vamos a ayudarle.

Doña Chepona apretó los ojos y tartamudeó.

— Sí... com... compadre. Voy... voy a ha... hacer... m... mi parte.

Todos formaron un círculo alrededor de doña Chepona y esperaron. Doña Candelaria llegó enseguida con el café y le dio a beber a doña Chepona quien ya se veía un poco más tranquila. Enriqueta sacó al niño del cuarto y lo despertó. El niño comenzó a llorar y Enriqueta empezó a amamantarlo, mientras hacía todo lo posible para mantenerlo despierto.

Esperaron un rato y nada. Todos estaban angustiados. Don Cornelio comenzó a pasearse e inconscientemente entró a la cocina. Y, al ver que estaba en el sitio por donde su comadre había visto la procesión, no resistió la tentación de espiar. Vio claramente como la neblina flotaba en los alrededores. La llovizna no estaba tan fuerte como creía. Dirigió su mirada a la iglesia en la cual reinaba un profundo silencio. Estaba a punto de levantarse cuando se oyó el ruido de las puertas que parecían abrirse. Y don Cornelio no

pudo creer lo que veía. Observó como las figuras altas y blancas bajaban en procesión con sus velas encendidas. Don Cornelio no pudo más. Sintió un peso en el cuerpo y apretó los ojos. Luego se levantó agarrándose de un lado de la mesa y trastabilló hacia adentro.

Para eso, las señoras se habían juntado en una esquina del cuarto rezando el rosario. El eco del melancólico canto llegaba a todos los rincones. Doña Chepona parecía haber recobrado ya sus fuerzas. Cargaba al niñito en brazos mientras que Enriqueta, toda temblorosa, trataba de ponerle la vela en la mano izquierda, sin ningún éxito. Trató de varias maneras para que el niño agarrara la vela pero éste no la podía sostener.

— Es imposible — dijo don Cornelio —, la vela está demasiada pesada para él.

— ¡Apúrense, qué ya vienen! — vociferó doña Chepona.

Se podía notar que escondía un profundo terror.

— ¡Ya sé que hacer! — exclamó don Cornelio triunfante. Corrió a la ventana y la entreabrió.

— ¡Comadre! — ordenó —. ¡Traiga al niño!

Para eso, Claudio Homero pegaba de gritos.

— ¡La vela! ¡La vela, ¡Enriqueta! — gritó don Cornelio —. Tenemos que calmar al niño. Enriqueta, tómalo.

La madre tomó al niño y lo comenzó a arrullar. Para entonces, ya se oía el canto cercano de la muchedumbre.

— No se distraigan — dijo don Cornelio a las mujeres que se habían detenido a mitad del Rosario, ate-morizadas por tan extraño suceso —. ¡Sigan rezando! ¡No se detengan!

Untándole al niño un poquito de la miel de la conserva de ayote en los labios, Enriqueta le rogó a Dios que se calmara Claudio Homero. El niño, sintiendo la miel sobre sus labios, empezó a chuparla y dejó de llorar.

La procesión ya pasaba por la casa. El aire frío que entraba por la ventana invadía todo el cuarto. Doña Chepona cargó al niño y se agachó. Luego, siguiendo las instrucciones de su compadre; se aseguró que el niño estuviera completamente cubierto excepto las manitas y lo subió hasta la ventana. Don Cornelio, por otro lado, también se aseguró de que el bebé estuviera a la altura del sillar de la ventana. Luego, dejó que el niño apretara una punta de la vela mientras que el otro extremo se soportaba sobre el sillar. Mientras hacía esto, don Cornelio trató de no mirar directamente hacia el callejón. Pero aún así, no pudo evitar ver las figuras borrosas en procesión. Luego, corrió hacia las mujeres que seguían rezando con ojos cerrados la letanía de Todos los Santos.

Doña Chepona sentía que había estado horas sosteniendo al niño en lo alto de la ventana. Temblaba y ya sentía que el cansancio y la desesperación la empezaban a invadir.

— Dios mío. ¡Qué pase esto lo más rápido posible! — suplicaba.

De pronto, sintió que el niño se movía.

— Dios Santo. Si sigue así va a tirar la vela — pensó mordiéndose los labios de la aflicción.

Y luego, sintió una fuerza que trataba de arrancarle al niño de sus manos. Le dieron ganas de levantarse a ver que pasaba pero sabía perfectamente bien que no debía hacerlo; aún tenía muy presente el suceso de la noche anterior y la advertencia del Padre Arturo.

Nuevamente, sintió que alguien tiraba del niño, y esta vez más fuerte. Doña Chepona, ya con los brazos entumecidos, sacó todas sus fuerzas para agarrar fuertemente al niño quien comenzaba a llorar. Y al sentir una presencia muy cerca de ella, cerró los ojos. De pronto una voz de ultratumba vibró por los aires y se escuchó decir:

— ¡Qué te valga, mujer!

Glosario

Adonai: dios Maya

Alux: el duende

Ba'x cu yuchutech co'leh: ¿Qué te pasa, mujer?

Chacáj: especie de planta medicinal

Chí: especie de árbol frutal también conocido como "nance"

Chiquash: nombre de un antiguo desinfectante

Coloxché: palo rollizo utilizado en la construcción de casas de barro

¡Co'x!: ¡vamos!

Chu'h: recipiente para guardar agua hecho de la fruta desecada de una planta de la familia de las cucurbitáceas

¡Hach yanu suerteho'b!: ¡Qué suerte tienen!

¡Tz'ockuka' ganaro'b!: ¡Han vuelto a vencer!

¡Hasta samale'x!: ¡Hasta mañana!

¡Je cu talo'h!: ¡Allí viene!

Jícara:	se refiere a la fruta de un árbol de la familia de las cucurbitáceas cómo también al recipiente que se consigue de la fruta desecada
Jolo'ch:	hoja seca del maíz
¿Mashi?:	¿Quién es?
Ma'y cu talo'h:	allí viene
Menc'as:	daño; hechizo
Shishito:	una pequeña cantidad
Xalbek:	bolsa de lona que los hombres usaban para llevar comida y utensilios cuando iban al chicle o a la milpa
Xc'och:	especie de planta medicinal
Xpa'sha':	atole de maíz que se prepara durante varios días para el día de Todos Los Santos
Xpelón:	semilla de una planta de la familia de las leguminosas
Xtabai:	espíritu maligno que se le identifica también como "la Llorona"